天空之国

[美] 凯文·J.安德森 [美] 瑞贝卡·梅斯塔 著

张 潞 译

CRYSTAL DOORS BOOK 3: SKY REALM
Copyright© 2008 WordFire, Inc.
Originally published by Little, Brown and Company June 2008
Published by agreement with Trident Media Group, LLC, through The Grayhawk Agency Ltd.
Simplified Chinese translation copyright© 2023 Chongqing Publishing House.
All rights reserved.

版贸核渝字（2021）第060号

图书在版编目(CIP)数据

水晶门. 天空之国 /（美）凯文·J. 安德森, 瑞贝卡·梅斯塔著; 张璐译. —重庆 : 重庆出版社, 2023.3
ISBN 978-7-229-16953-4

Ⅰ.①水… Ⅱ.①凯… ②张… Ⅲ.①幻想小说—美国—现代 Ⅳ.①I712.45

中国版本图书馆CIP数据核字(2022)第123392号

水晶门：天空之国
SHUIJING MEN：TIANKONG ZHI GUO
[美]凯文·J.安德森　[美]瑞贝卡·梅斯塔　著
张　璐　译

责任编辑：邹　禾　崔明睿　王靓婷
装帧设计：冰糖珠子
封面插图：冰糖珠子
责任校对：刘　刚

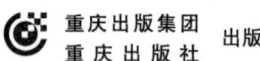
重庆出版集团
重庆出版社
出版

重庆市南岸区南滨路162号1幢　邮政编码：400061　http://www.cqph.com
重庆出版社艺术设计有限公司 制版
重庆豪森印务有限公司 印刷
重庆出版集团图书发行有限公司 发行
E-MAIL：fxchu@cqph.com　邮购电话：023-61520646
全国新华书店经销

开本：890mm×1230mm　1/32　印张：7.25　字数：166千
2023年3月第1版　2023年3月第1次印刷
ISBN 978-7-229-16953-4
定价：45.00元

如有印装质量问题，请向本集团图书发行有限公司调换：023-61520678

版权所有　侵权必究

本书献给
肖恩·穆赫德
幻想路上以及现实路上的同行者

目录

第一章	001
第二章	008
第三章	014
第四章	018
第五章	025
第六章	037
第七章	045
第八章	052
第九章	060
第十章	064
第十一章	069
第十二章	074
第十三章	082
第十四章	089
第十五章	095
第十六章	103
第十七章	110

第十八章	118
第十九章	125
第二十章	130
第二十一章	134
第二十二章	139
第二十三章	145
第二十四章	151
第二十五章	158
第二十六章	169
第二十七章	172
第二十八章	177
第二十九章	184
第三十章	188
第三十一章	193
第三十二章	197
第三十三章	202
第三十四章	213
第三十五章	217
第三十六章	221
致　谢	**223**

第一章

一股清新的海风吹过格温·皮尔斯婴儿般细软的金发。远处，伊兰蒂亚周围的海面闪烁着深邃的蓝绿色。在她的脚下，这座奇妙的岛屿城市熙熙攘攘，和一周前她和她的学徒朋友们刚从梅隆王的海底王国逃脱时一般无二。在高空中，黄油般的阳光温暖着格温的皮肤，她感到很安全。几个月前，她可能会很惧怕乘坐飞毯，毕竟除了一块紫色的方布和一个好友的陪伴，再没有什么能抵御高空坠亡的危险。但现在的她已经不同了。

现在飞毯上的格温身后坐着谢里夫。虽然不是非常有必要，但谢里夫还是伸出一只手臂松松地搂着她的腰，确保她不会掉落下去。这位黑发王子驾驭着刺绣镶边的飞毯高高飘过海港，他纤尘不染的白色衬衫的衣袖随风飘动。伊兰蒂亚的船只不时在海岛边停泊，以加强魔法防御。

谢里夫身体前倾，指向地平线。"一场风暴正在远方的海域生成。"从她的眼角余光，格温看到王子的精灵在她的蛋球里，

水晶门：天空之国

盘旋在他的肩膀上方，散发出表示焦急的电绿色光芒，映照在王子晦暗不明的脸上。

"皮里认为这场风暴与魔法无关，"谢里夫解释说，"但她也不能肯定。"

看着远方聚集的乌云，格温希望她不再需要担负什么责任，这样她就可以安心地在空中度过平静的一天。但这种想法很快破灭。*忍着吧，皮尔斯*，她在心里责备自己，*让我们看看你能干些什么吧*。于是她对谢里夫说："我们应该让圣者知晓这场坏天气。"

✦

维克放下卷轴，擦掉脸颊上的汗水。他现在喉咙刺痛。莱珊德拉继续念咒，尽管音量已经低得接近耳语。船只沿着伊兰蒂亚海湾的海岸线顺流而下，他们站在海洋之子号的栏杆边念诵咒语已经几个小时了。甲板在他们脚下晃动。在火辣的太阳炙烤之下，木板变得滚烫。阳光经海浪反射回来，已经让维克的头痛了好几天。这个娇小的女孩把泛着铜色光泽的长发从她的小脸向后拨开，打开了用链子挂在脖子上装着神奇能量补充液的小瓶。她喝了几口里面有治愈功能的绿色能量液，随后把它递给维克。维克猛喝几口，脑中的阵痛缓和了一些。

船上所有受过魔法训练的人，无论是新人还是行家，都在念诵大圣者分配给他们的各类魔法卷轴。每个魔法都能为岛屿提供一定程度的保护，有些是作为保护屏障，有些是攻击御敌。维克的咒语能使任何贸然接近的生物暂时迷失方向。莱珊德拉的咒语则形成了一块肉眼不可见的网格圈套。自一周前维克和朋友们从

第一章

海底城市乌瑞格尔逃脱以来,整个伊兰蒂亚岛已经成为防御工事的中心。希塔德尔学院的学生,无论他们的能力如何,都被圣者征召来协助念咒施法。这项工作既费时又费力,因为必须在岛上数百个地点一次又一次地重复施咒。幸好维克逃离海底城市时受的腿伤已经痊愈。维克先是在救援船上接受了治疗,后来转移去了疗愈大厅,强大的医疗法术已经使他满血复活。

但现在梅隆人卷土重来,岛屿必须加强防御。

大圣者卢比卡斯还待在他的实验室里,致力于强化保护盾咒语,他想筑成保护屏障,一劳永逸地保护整座岛屿。五行会非常信任这位白胡子巫师,他的法力融合了魔法和科学的力量。不久前,五行会任命卢比卡斯为岛屿的大圣者,这个头衔彰显了他是整个伊兰蒂亚实力最强、最受尊崇的圣者。由五位领导人组成的委员会将研发新式武器和防御法术的工作全权委托给大圣者会的成员,重点指导前线正在进行的岛屿防御强化工作。维克的父亲卡普·皮尔斯将大部分时间用于完善卢比卡斯实验室的各种防御项目,而这位前考古学教授在剩下的清醒时间都在思考如何把他的妻子——维克的母亲——从黑暗圣者阿兹里克囚禁她的冰珊瑚中救出来。

在船的旁边,来自阿非里克的少女提亚雷特从海底浮出水面,熟练地通过嘴巴和鳃吐出肺里的水。卢比卡斯的这些学徒被梅隆人绑架时,阿兹里克的不死随从奥菲恩曾施咒让他们五个人都长出了可以在水下呼吸的鳃。得益于此,维克、格温和他们的朋友们即使没有任何辅助也可以在水下呼吸。

提亚雷特赤脚靠在船体木板上稳住身体,随后顺着绳子爬上甲板。这个皮肤黝黑的女孩个子很高,几乎和维克一样。海水在

水晶门：天空之国

她金色眼睛的睫毛上闪耀，她深棕色长卷发上的装饰镯也在海水的反射光芒下熠熠生辉。"波勒普圣者传出消息，岛屿下方熔岩炸弹的清除工作进展很顺利，当然，比我们的葵母朋友预期的要慢得多。"她卸下背上的法杖，"我们现在要行船去下个巡察点了么？"

"是的，差不多了。"维克说，"等他们过来。"他指向空中一张正在靠近的随风飘动的紫色飞毯。谢里夫和格温坐在飞毯上俯冲而下，落在露天甲板上。维克这位身形纤细的堂姐和这个来自伊拉克什的年轻人一齐跳下飞毯，随后谢里夫把紫色刺绣飞毯卷成圆柱，夹在胳膊下，走向离自己最近的圣者汇报发现的天气情况。

"发生什么事了，博士？"维克问格温，喊出孩童时期用来打趣他这位天资聪颖的堂姐的外号。

"海上正在酝酿一场大风暴。"格温灵动的紫罗兰色的眼睛与她堂弟碧绿色的眼睛对视了一下。

"是魔法召唤的风暴吗？"维克挑了挑眉，"是梅隆人的魔法？"

"皮里觉得不是，"谢里夫答道，他已经向圣者汇报完回来了，"但就像我的子民常说的'世事无定论，直到它真的发生了'。"

提亚雷特用法杖的圆头猛敲木制甲板："这就解释了为什么所有事迹在结束前是不可能被写入史诗的。"

"换句话说，历史可比预言准确得多。"格温说。

维克看了一眼莱珊德拉。因为那些预知梦，这个娇小的女孩常常不能安眠，她钴蓝色的眼睛下已经有了黑眼圈。

第一章

莱珊德拉对他们露出一个苍白疲惫的微笑："正是因为未知，所以那些幻象才令我不安。无论是出现在梦里的还是以语言显现的那些预言，它们似乎总是和真正想传达的信息不一样。"

"梅隆也有预言。"维克指出来。

"一些关于梅隆人实施暴行，最终取得胜利的预言。我觉得是他们解读错了，至少我希望是错误解读了。我认为阿兹里克是幕后推手。"汗水刺痛了他棕色直发下的头皮，他挠了挠头，"对了，再跟我说说，为什么梅隆人这么坚定地想摧毁伊兰蒂亚？"

莱珊德拉耐心地解释："数千年前，黑暗圣者阿兹里克家族经由水晶门来到这里，他们一心想要征服全世界。之后阿兹里克背叛了家族，杀害了他的父母，还在七个世界建立了不死军队。于是来自多个世界的光明圣者联合了起来，在水晶门的中心创造了伊兰蒂亚，抵抗黑暗圣者和他的随从对世界的侵蚀。"

"对于阿兹里克的暴行，这个世界的梅隆人虽然没有认同，但他们也没有明确反对。"提亚雷特补充说。

谢里夫神情严肃，他接着讲述起渊源："在那之后，阿兹里克的姐姐艾妮亚就联合光明圣者凯尔森，施法封印了连接有不死军队的世界的水晶门。他们的魔法过于强大，以至于一些连接着其他世界的水晶门也同时被封印。但遗憾的是，阿兹里克并没能被大封锁封印在任何一扇水晶门内。自那以后，他在各个世界之间穿梭，招兵买马，重建他的不死军队。"

"幸运的是，他的新部下并非永生不死。"提亚雷特说。

谢里夫的脸色晦暗下来。"数年前，阿兹里克乔装来到伊拉克什，我的兄长哈希姆识破了他，拯救了我的子民，但却被阿兹里克杀害。"

水晶门：天空之国

"在大封锁之后的数千年，伊兰蒂亚和梅隆没有联系，井水不犯河水。"莱珊德拉说，"但阿兹里克一直都在发展新同盟。"

"而自从他回到这个世界，"维克总结说，"梅隆人突然就开始想要摧毁这个岛上的所有活物。这是巧合吗？我可不这样认为。"他想起了那些他认识的被阿兹里克无穷无尽的征服欲望蛊惑的人。

"这绝不是巧合，泰兹。"格温赞同，用幼儿园时她给维克起的卡通人物昵称叫他，"阿兹里克想要梅隆人仇视伊兰蒂亚。他毫无人性地杀害了自己的父母。我的父母和谢里夫的兄长也惨遭他的毒手。谁知道还有多少人被他视为眼中钉？或许成千上万的人都被他盯上了。"提到这个黑暗圣者她紫罗兰色的眼睛里愤怒的火光一闪而过，"一旦他铲除了所有有抵抗能力的人，他就能慢条斯理地将被封印的水晶门一一打开。"

"要想打开所有的水晶门，阿兹里克所需要的不仅是时间，博士，他还需要我们，"维克一语道破，他犹豫了一会儿，补充说，"或者他需要我的母亲。"格温和维克不仅仅是古老预言中"在同一片月光下降生"的"天选之人"，这对堂姐弟还从他们的母亲那里继承了罕见的破封能力。

"我真搞不懂，"莱珊德拉说，"梅隆人为什么要仇视根本不认识的人，仅仅是因为我们住在这座岛屿上，还是阿兹里克教唆他们？但这根本说不通啊。"

就在这时，皮里在甲板栏杆边缘盘旋，发出警示的橘色光芒。

这群圣者学徒低头看向水面，震惊地陷入了沉默。他们发现了就在伊兰蒂亚保护咒语无法覆盖的边缘，一个柔软模糊的人形

第一章

浮出水面。他的前额有一堆环状鼓膜在跳动。嫩绿色的鳞片覆盖在生物的全身，泛着油光的巨大眼睛在宽阔的脸上闪烁着。桅杆的瞭望台传出一声警示，接着人们开始大喊，传递警报。很快，所有的圣者和船员都拥在了甲板栏杆处，大家都看清了那是什么。

一个梅隆人。

提亚雷特挥舞她的法杖，圣者们争先恐后地寻找他们最强大的魔法卷轴。魁梧的水手拖出长长的鱼叉。

水中的丑陋生物举起他的蹼手以示安抚，他没有朝着航船移动，而是抬头看着那群学徒，发出了梅隆人说话的嘈杂声音。

提亚雷特警惕地注视着梅隆人，尽管他似乎是孤身前来，手无寸铁。

"说了什么？"维克问能听懂水族语言的莱珊德拉。

这个拥有心灵感应能力的女孩看向她的朋友，一脸疑惑："他说他叫乌尔巴。他希望我们带他去见我们的领导人。"

第二章

在伊兰蒂亚几近荒废的五行会圆形大厅里,维克、格温和朋友们坐在前排长椅上,饶有兴致地看着眼前的一切。大厅里还有几位身着各色服饰的圣者,五名五行会长老也匆匆集结到了这里,来迎接这位不同寻常的海底来客。

大圣者卢比卡斯心不在焉地捋着白胡子,念出语言转换咒术,让大厅在场的人都能听懂梅隆人的语言。头顶鲜红色鱼鳍的乌尔巴讲述了一个让所有人惊掉下巴的故事。

提亚雷特紧抓着她的法杖,怀疑地看着这位水里来客,对她的朋友们耳语:"意思就是梅隆人一直与伊兰蒂亚在这个世界和平共处,而圣者们却对他们一无所知?"

"那有什么不可能的呢?"维克压低声音回答,以免打扰到乌尔巴,"大圣者卢比卡斯不是说了么,大概在上个世纪以前,圣者跟梅隆人基本没有任何往来。"

"就像我的子民所说的……"谢里夫刚要开始说话,格温却

第二章

嘘声让所有人安静。

"我们得完完整整地听完乌尔巴的话，才能判定他所说的是否可信。"

维克兴致勃勃地看着伊兰蒂亚政府身居要职的几位长老，他们紧紧抓着石椅扶手上的玫瑰和绿松石水晶制成的决策按钮，面露焦虑。他们似乎都不愿意与梅隆人碰面。对此，维克倒没有什么意见。换位思考，他也会对与梅隆人面谈而感到不舒服。目前为止，他与鳞族生物的来往可算不上美好。他遇到的大部分海底生物不是想要置他于死地，就是想要奴役他。他也见过受压迫的梅隆人奴隶，但他认为他们同样是行凶者，而不是像乌尔巴所说的爱好和平的反叛者。

这个梅隆人站在拱顶大厅的石地上不安地扭动，这时海拉莎问话了："我们为什么要相信你？自上个世纪以来梅隆人就不断袭击我们的船只、我们的岛屿，侵害我们的子民。如果你真的不是那些梅隆人中的一员，那么这百年来，你就是漠然的旁观者——即使是在巴拉克的梅隆人袭击我们时依然袖手旁观。那现在，你怎么能指望我们信任你？"防御长老穿着一件有些透明的深红色希腊式长袍。她的左手搁在扶手的判定水晶上。水晶亮起，绿松石水晶代表着她投出了反对票。

乌尔巴在五行会面前摊开蹼手。虽然咒语让人能听懂梅隆人的语言，但他的声音沙哑而模糊，仿佛他的腮里都堵满了痰。"我们安居一隅。你们的到来，甚至是你们和乌瑞格尔的战争都没有和我们联系。你们的航船在这个世界上很少穿过水晶门的边界区域，而我们住在那个范围之外，不问世事。作为乌斯吉布尔城的首领，我本以为你们和巴拉克国王之间的纷争是在我们生活

水晶门：天空之国

之外另一个世界的事情，与我的臣民无关。"

说到这里，白袍的伊瑟亚淡淡一笑。维克听闻艺术长老伊瑟亚已经是到了祖母辈的年纪，但她一头黑发，声音清亮，看起来比实际年龄年轻许多。"现在你们与伊兰蒂亚有关了吗？"

乌尔巴向后退了一步，微鞠一躬。"巴拉克国王和阿兹里克迫使我们与伊兰蒂亚紧密相连。"听着梅隆人的话，五行会的成员交换了眼色。"我知道阿兹里克一直在腐蚀同化临近岛屿的梅隆人。近来，巴拉克国王变得愈加肆无忌惮，他开始要求那些远离他的领土的城市向他进贡。他派出黑暗圣者和一支军队进攻奥尼斯尔和奥比布尔，抓捕了许多反对他的无辜梅隆人。但即使巴拉克把那些地方的首领都囚禁了起来，我和其他生活在更远地方的领主依然一言不发，我们始终以为*我们安全无虞*。这些都与我们无关。但现在……就在几天前，一只疲惫不堪、饱受折磨的葵母来到了我的城市乌斯吉布尔，我们收留了她，为她和她的克雷加海马提供饮食和庇护。作为回报，她告诉了我们她的遭遇。她说巴拉克国王将她和她的子民囚禁在乌瑞格尔，几个年轻的陆地居民帮助他们逃离。她说出了巴拉克国王意图摧毁伊兰蒂亚的计划，他向黑暗圣者阿兹里克承诺会协助他打开水晶门，释放各个世界的不死军队。"

"这就是你来这里的原因？"身着蓝色长袍的治学长老奎司塔斯问，"你需要我们的帮助？"

"我提议结盟。"乌尔巴再次鞠躬，似乎面带屈辱地说，"两天前，黄金皮将军带着一支残暴嗜血的梅隆人军队来到了我的城市。她告诉我们，阿兹里克已经离开这个世界，通过其他水晶门去召集他的忠实信徒加入战斗，与巴拉克国王一起攻打伊兰蒂

第二章

亚。黄金皮要求我们派出五百名精兵加入巴拉克的'神圣事业',清除所有陆地居民。她威胁我们,如果不加入,那么等战争全面胜利之后就会转头灭掉乌斯吉布尔,屠杀所有成年的梅隆人,让未成年的梅隆人成为奴隶。"

闻言,海拉莎惊得从石椅上站起身。

乌尔巴没有露出惧色,不过他赶紧补充道:"让我引以为豪的是,我的每一位战士都和我一起奋战,拒绝了黄金皮的要求。我们把她的部队赶出了乌斯吉布尔。巴拉克和他的军队听信了虚假的预言。他们的阴谋惨无人道,会造成难以计数的杀戮。唉,他们还胁迫其他部落加入他们。巴拉克和他的爪牙是你们的敌人,也是我们的仇敌。我们可以并肩作战打败他们,同时保护尽可能多的善良的梅隆人。"他的鳍颤动着,带刺的褶边夸张地撑开了。"要想将所有梅隆人从邪恶的国王和黑暗圣者的阴影中解救出来,这是唯一的办法了。"

"那你们如何帮助我们?"帕西马尼亚斯一字一顿地问。身着黄衣的资源长老对任何可能使伊兰蒂亚受益的事情都很有兴趣。

维克看到乌尔巴那张丑陋而严肃的脸放松了下来,但情绪仍然有些紧绷。"也就是你们同意结盟了?我们将会不遗余力地帮助你们守护这座岛屿,保护生活在这里的人民,以及守卫所有的水晶门,只要你们相应地承诺帮助我保护我的子民。"乌尔巴鲜红色鱼鳍微微一颤,想了想,说:"我们可以帮助葵母搜寻剩余的熔岩炸弹,就是巴拉克藏在岛屿地下墓穴里的那些。同时,我可以在岛屿周围部署水下侦察员。我还会派一些我最信任的人向黄金皮假意投诚,加入巴拉克的军队。如此一来,乌瑞格尔的军队计划进攻时,我们就有内应可以提前发送消息。"

水晶门：天空之国

海拉莎眯起深蓝色的眸子。"那也有可能是这样：你假意成为我们的盟友，将势力渗透进伊兰蒂亚。然后，在与巴拉克决战之际，倒戈相向，从内部击垮我们。"

"老套路。"维克小声对朋友们说。

乌尔巴在海拉莎的严词逼问中僵住了，他尽力强迫自己镇定下来。他彩色的鱼鳍缩了下去。"诚然，人类和梅隆人似乎不可能信任彼此，达成协作。梅隆人攻击了你们的船只，人类也杀害了大量梅隆人。葵母提醒过我这种情况。所以，这次葵母与我一同前来为我做证。还有一个我们可以达成和平协议的筹码。如果阿兹里克知道我们从他那里偷走了什么，他一定会把乌斯吉布尔毁灭殆尽。"他慢慢地转过身，对圆形大厅里安静的听众眨了眨探照灯般的眼睛，"我邀请你们去港口，见证我们的诚意。"

※

即将到来的风暴使港口水域波涛汹涌。从五行会大厅过来的人们聚集在岸边。

"你觉得他带了什么来，博士？"维克对堂姐说，"会是海蛇吗？那可太酷了。"

她甩给他一个眼神，如同看着一个幼稚的孩童。"亏你想得出。"

不远处，维克的父亲和波勒普圣者测试了几种新武器，包括葵母科学家的格罗吉普斯之火的改进版本。

在梅隆大使的要求下，戒备的长老们暂时撤销了港口的一些防御咒语。与此同时，皮尔斯博士和葵母科学家严阵以待，如果梅隆人有任何异动，他们将会对其进行武力镇压。

第二章

在水边,乌尔巴不再拘礼地高举双手,召集同伴们送来神秘的"礼物"。离码头的不远处,水面开始涌动翻腾,不一会儿,另一个梅隆人浮出水面,接着一个又一个,直到最后二十来个水族生物慢慢游向浅湾。

格温发出一声不由自主的惊呼,很快,所有人都看见了葵母科学家骑着她的克雷加海马走在前面,梅隆人领着一个模糊的人形紧随在后。他们暴露在空气中时,发出滴答和嘶嘶声。在齐腰深的水中,梅隆人分开列队。乌尔巴跳入水中,将所有人的注意力吸引到这个无价的和平献礼上来。

那是一个包裹在难以穿透的冰珊瑚中的人形,美丽而精致。

维克叫了出来,他的父亲一边哽咽着一边跑上前。"母亲!""卡亚拉!"

第三章

即使在这样一个充满奇迹和魔法的岛屿上,卢比卡斯实验室拥有的新奇事物仍旧超出这群好奇心旺盛的青少年的想象。宽敞的椭圆形房间的墙壁、地板和高耸的柱子都是由纹理丰富的大理石抛光制成。环绕着高大中央穹顶的棱柱形天窗让室内光照充裕。嵌在天花板上的日阿迦水晶——以星座图案排列——白天充电,晚上发光,让工作在任何时候都能进行。架子上堆满了魔法卷轴和实验用品,同时用于魔法研究和科学探索。在伊兰蒂亚,魔法和科学是近亲,就像格温和维克一样。

宽敞的实验室里挤满了圣者、新晋圣者、游历圣者、学徒和新生,还有和莱珊德拉一起逃出梅隆人魔爪的葵母科学家。在实验室各处,他们全神贯注于实验及各个阶段的研发项目。为了防御巴拉克的梅隆军队来袭,一些热心的工人被委派来帮助大圣者卢比卡斯拓展他的防御法术。一些人协助莱珊德拉的父亲格罗克萨斯强化火力。其余的人帮助维克的父亲为陆战和海战准备武

第三章

器，包括大炮、弹弩、阳光炸弹、装有火晶的手持箭弩以及用于海底作战的一些设备。工作间隙，皮尔斯博士一直在想办法营救妻子。但现在乌尔巴的梅隆手下已经把她带回来了，他现在需要做的是研究让她复活的办法。

海水养殖池排列在弯曲的墙壁上，一直从地板延伸到天花板。巨大的水箱是各种海洋生物的家园——五颜六色的电鳗、闪光蜗牛、多色植物——还有阿奎特娃娃鱼，海洋里的小型变形信使让维克和格温想起洋娃娃大小的美人鱼。即使这些水箱装着这么多珍奇生物，也比不上现在这对堂姐弟及他们的朋友大圣者卢比卡斯身边的这个水箱。搜遍伊兰蒂亚，也找不出比它更加珍贵的宝物。包裹着卡亚拉·皮尔斯的冰珊瑚存放在水箱里，维克的父亲从水箱顶部看着他的妻子，而大圣者卢比卡斯正在查看另一个魔法卷轴。

维克无法将目光从母亲身上移开。他看见母亲脖子上的细链挂着一个与他和格温佩戴的相同的吊坠。卡亚拉长长的黑发仿佛在她的身后飘动，她闭着眼睛，如同睡着一般，身着一袭轻薄的绿色层叠长裙，宛如童话中的公主。

"变。"大圣者最后的话语变成了低语，"唔。在我们找到解救她的方法之前，我们要让海水保持循环。"

"我们之前都不知道得让她留在海水中才能使保存咒语持续生效。"维克的父亲说。

格温说："根据阿兹里克的说法，一下子把她从冰珊瑚里释放出来会要了她的命。我们得另辟蹊径。"

维克的父亲艰难地吞了吞口水，沮丧地摇摇头。"要不是乌尔巴说出了要害，我可能已经这么做了，会害了卡亚拉。"他的

水晶门：天空之国

脸因为悲伤和内疚而扭曲，变成了一张痛苦面具。

"她现在安全了，皮尔斯圣者。"莱珊德拉轻声说。

维克明白他那富有同理心的朋友只是想要安慰他们，但他声音中的痛苦已经掩饰不住。"安全？你是说像个睡美人一样安全地躺在水晶棺材里？"铜发少女将手搭在了他的手臂上，他脑海中的内容让她觉得陌生。明白了他的意思，她的神色有些许黯淡。

"但睡美人并没有死亡，泰兹，"格温温和地提醒，"你的母亲也还安好。要是叫醒她就跟吻醒睡美人一样简单就好了。"

一瞬间，皮尔斯博士的眼中闪过一丝疯狂的渴望，然后他把头埋进了水里，接着把嘴唇贴在他妻子嘴巴上方的冰珊瑚上。尽管因为奥菲恩的鳃咒，维克和他的朋友们可以在水下呼吸，但皮尔斯博士做不到。

维克的父亲站直了身子，海水如溪流般顺着脸颊流下来。"再荒谬的办法我都会尝试。我们绝不能放弃。"

"嗯。"大圣者卢比卡斯一边说，一边检查着卡亚拉冰冻的身体。

"如果你刚才的方法奏效，现在我们多多少少应该已经能看到一些成果。"

维克伸出一只胳膊搂住父亲湿漉漉的肩膀。"没关系的，父亲。我们会找到办法的，只是需要一些时间。"维克向来是一个乐天派，但此刻他非常明白父亲的感受。父亲朝思暮想了数年的母亲就在眼前，如此之近，但他却不能和她说说话，也不能触碰她。维克的母亲很可能不知道他与父亲现在就在她面前。而如果他们找不到解决办法，也许他的母亲永远都只能是一座美丽的雕

第三章

像了。

谢里夫倾身靠近维克。"也许伊拉克什的空气之灵知道如何救你的母亲。"接着,让维克惊讶的一幕出现了,皮里浑身散发出骄傲的白光,随即又转换成了愤怒的红光,最后变成了红白交织的光芒。"放心吧,皮里,"王子向他的小伙伴保证,"即使我背弃了他们,我也不会让空气之灵以生命的代价去实现一个愿望。"

闻言,皮里周身散发出了悲伤的深蓝色光芒。

就在这时,一张有谢里夫的紫色飞毯两倍大的酒红色大飞毯穿过敞开的拱形窗户,滑落到水箱旁边的地板上。一个皮肤黝黑、头戴红巾的中年男子平稳地从盘腿的姿势站了起来。

谢里夫向这个新来的人发出礼节性的问候,但男人悲伤地摇了摇头,正式宣告:"您的父亲,最尊贵的伊拉克什苏丹陛下,派我给阿里·谢里夫王子带来了消息。此刻,王子不再是希塔德尔学院的学生。苏丹命令他的儿子立即返回伊拉克什。"

第四章

　　五个小伙伴周围的热矿泉冒着泡泡,散发着氤氲热气,却没能像往常一样让格温感受到平静和放松。相反地,它正提醒着她,生活已经再次发生了变化,而她对此无能为力。苏丹的信使已经离开,只留给谢里夫一天时间来收拾行装,与友人道别,以及处理他在希塔德尔学院的未尽事项。这位王子必须回家了。

　　格温对现在的情况感到无所适从,她回忆起了以往的种种,阿兹里克谋杀了她父母,她只能去投奔卡普叔叔和维克,她和她的堂弟被水晶门牵扯进入异世界,他们在金色海象号上遭到梅隆人袭击,她和维克发现他俩是神秘预言中的选中之人……这般多让她茫然无措的时刻。她的生活似乎从没在她的掌握中。格温抚摸脖子上的五边形吊坠,思考着她和维克为什么会遭遇这么多痛苦和磨难。现在,谢里夫也别无选择。

　　这个来自伊拉克什的少年紧挨着她,坐在学徒生活中心的热温泉池里。他紧紧地握住格温的手,仿佛这样格温就能帮助他留

第四章

在伊兰蒂亚。皮里趴在蛋球壁上,在谢里夫的脸颊和鼻子周围盘旋,散发出阳光般温暖的黄色光芒,希望让他开心起来。但这没能让谢里夫振奋起来。

"你不想回家。"提亚雷特说。这是一句肯定的陈述,不是询问。

"不,我当然不想。在伊拉克什,苏丹的次子无足轻重。我善良而睿智的哥哥哈希姆本应该是下一任苏丹。我的父亲非常宠爱他,哈希姆死后,我的父亲几乎不想见到我。当我提出要来希塔德尔学院学习时,他似乎松了口气,并告诉我这些年他都不会给我分派什么任务。就连我的姐妹们对他来说都比我重要,因为她们已经远嫁给了大家族,现在成为了联系家族势力的纽带。"

格温在水中坐直。"你有姐妹?"

谢里夫点头:"是的,其中的七个姐妹已经长大成人并成婚,但是奈玛和扎里——哈希姆被谋杀时她们还住在王宫——安慰了父亲。父亲认为我没有必要留在王宫,于是我被免除了宫廷事务,来到伊兰蒂亚学习。"

"就像《学生王子》一样。"格温说,她想起了她父亲喜欢的老音乐剧。

"现在我父亲心血来潮命令我回家,"谢里夫说,"毫无疑问,之后我将开始长达多年的苏丹王储训练。我一点儿都不想成为苏丹,也不想背负这些责任。"

维克同情地看了谢里夫一眼。"彼得·潘也不想长大。"

莱珊德拉摸了摸维克的胳膊,从他的脑海中感知了这个想法,露出了有些感伤的笑容。"我不确定我们中是否有人希望如此,但我们长大成人是自然而然的事情,这没得选。"

水晶门：天空之国

"《伟大史诗》就是如此书写。"提亚雷特说，"自草原战争后，我就不再是一个孩子了。"她的法杖就放在温泉池边上，提亚雷特一把握住了它，好像是在强调她随时可能会受召来保护他们。"我的朋友们，你们已经参加过与梅隆人的战斗，目睹了背叛和死亡。你们的名字已经写在《伟大史诗》中了。你们不能再沉溺在童年。那些预言——"

"对了，预言！"维克说着拍了拍冒着气泡的水面，水花溅在了所有人的脸上，"莱珊德拉，你不是说我们都是那首儿歌预言中的一部分吗？唱给我们听听。"

"那首手指歌？当然。"莱珊德拉念出诗句，并加上每个部分的手部动作。

从深海之处升起，五个天选之子需要完整。
预言已经开始生效，邪恶将无路可退。
汇聚不同世界的力量，共同盟誓守护与保护。
待到生存危亡之际，远古力量就会显现。

维克一边听，一边摆弄他的徽章。"你明白了么，博士？五人要齐齐整整。"

"所以如果我们就是预言中的选中之人，"格温总结道，"那么我们需要谢里夫留在这里，帮助我们对抗阿兹里克。我们不能让他回伊拉克什。"

皮里周身闪烁着欢快的浅绿色。谢里夫眼中燃起热烈的期望，但转瞬即逝。"不，我的父亲不会相信的。他永远以自己的需要——伊拉克什的需要——为重。并且其他的预言只是说需要

第四章

你们两个来创造能够战胜阿兹里克的力量之环。"

格温早就因为谢里夫有留下的可能而满心欢喜，于是马上反驳谢里夫的担忧。"预言的真正含义并不总是与我们解读的一致。"她提出，"那如果没有你，我俩没办法创造力量之环要怎么办呢？"

"嘘，这倒是提醒我了，"维克说，"我昨晚突然想明白了力量之环的事情。是莱珊德拉之前讲述的梦给我的启发，类似于**苏格兰人只有三个小时来建立防御，否则所有人都会被炸飞**之类的。我知道阿兹里克和梅隆人就要袭来了，但这个想法莫名其妙地突然出现在我的脑海中。"

格温急切地希望她的堂弟已经找到了解决眼前困境的办法，她迫不及待地想知道答案，让他不要绕弯子，直戳重点。"你的意思是？"

"也就是说，博士，我想我们现在已经有足够的提示了。"他指了指脖子上的徽章，"我以前把这个放在哪里？"

"作为钥匙链上的装饰。"她立即说。

维克恨铁不成钢地叹了口气。"好吧，我们都是钥匙，我们五个都是。"不等她回答，他马上继续，"我过去常常把徽章放在钥匙环上，而不是钥匙链上。"

"所以……"格温发问。

"所以你和我应该锻造的这个力量之环，不是那种从**咕噜那里抢来然后把他扔进末日裂缝锻造**①的那种戒环。"

完全理解维克的意思后，格温的心脏漏跳了一拍："我们应该找寻的是钥匙环？也就是在座的我们五个人。"

---

① 此为《指环王》的情节。

水晶门：天空之国

"你是对的。那也就意味着这几个月来我们一直在打造那个指环①，"格温说，"我们五个有责任待在一起，确保有足够强大的力量以抵抗阿兹里克。"

"他的计划是解封水晶门，重新集结不死军队，侵占全世界。"提亚雷特金色的眼睛中充满忧郁，看着谢里夫。"如果他得逞了，伊拉克什同样也在劫难逃。也许我们向你父亲解释——"

"不，"格温说，"作为预言中提及的孩子，维克和我有责任为锻造力量之环确保我们五个待在一起。"

"我们可以一起去伊拉克什，"莱珊德拉建议道，"这样我们也是变相地待在一处。"

维克张大了嘴巴，蓝绿色的眼睛里迸发出热情。"啧啧，对呀，我怎么没想到呢？谢里夫，你不是说伊拉克什的空气之灵可能有办法帮助我母亲吗？"

皮里的光晕因为担忧而呈现出橘色。

"是的，但是——"谢里夫欲言又止，格温猜想王子是否是不愿意让他们见到他严厉的父亲。

就在这时，一场音爆震荡了卢比卡斯的整栋实验室大楼，那声音就像是击中了一千个铜钹。温泉中的水疯狂地震荡，溅到了石地板上。格温眨眨眼，擦掉眼角的泉水，提亚雷特早已从温泉中跳了出去，手里拿着她的法杖，朝着通往实验室的楼梯飞奔而去。其余几个爬出池子，跟在后面，穿着他们没有费心烘干的游泳套装。

他们来到通往地下密室的楼梯口，发现整个房间一片狼藉。水箱里的水都飞溅出来，安放着卡亚拉的水箱也溅出水来。卡普

---

① 英文中 ring 有"戒指、指环"的含义，也有"环、圈"的意思。

· 022 ·

第四章

正在紧锣密鼓地检查水箱和包裹卡亚拉的冰珊瑚是否有任何损坏。光滑的大理石地板上出现了一条锯齿状的大裂缝。火焰圣者格罗萨克斯平躺在大圣者卢比卡斯的高脚凳和大理石讲台旁边。

"大家都还好么？"卢比卡斯大声询问。

莱珊德拉急忙跑过去查看她的父亲。她的父亲拂去浓密的黑胡子上的余烬。提亚雷特警惕地检查房间是否有敌情，谢里夫挨个儿检查水箱，格温和维克来到了卡亚拉身处的水箱旁。

"这次倒没出什么事，"皮尔斯博士回答卢比卡斯，"但绝对不能再来一次了，那会害死卡亚拉的。"

莱珊德拉扶着她父亲坐了起来。

"是一个小小的计算失误，"格罗克萨斯圣者说，"我正试图让梅隆人安置在岛下的一颗炸弹失去活性。我在使用火力消除魔法时，大圣者卢比卡斯最强大的盾咒防御，覆盖了炸弹。这本来应该安全无虞的。"

"是这样的。"卢比卡斯一边说，一边若有所思地扯着雪白的胡须，"看样子之后，我们必须到岛上一个人口更少，更空旷的地方来进行这些实验。"他从高脚凳上走下来，到了一个书架前，翻找出一张魔法卷轴。

格罗克萨斯指着爆炸在地板上留下了一个坑。"如你所见，这并不是我意料中的结果。"

卢比卡斯对着小坑念起咒语："变！"破损石板上的裂痕和凹坑开始模糊，石板开始融合，受损区域得到修复。在这些痕迹自动修复之际，学徒们向圣者解释了维克的钥匙环理论，同样汇报了空气之灵可能有办法复活卡亚拉的想法，并请求允许陪同谢里夫一起前往伊拉克什。

水晶门：天空之国

卢比卡斯把指关节捏得咔咔响。"唔。是的，这也许是个办法。"

卡普叔叔的眼里希望重燃。他看着格温，再看看维克。"去吧，去伊拉克什，说不定你真能找到办法救你的母亲。"

"以及拯救伊兰蒂亚。"卢比卡斯补充道。

第五章

第二天一早,在大圣者卢比卡斯、圣者皮尔斯和治学长老奎司塔斯的陪同下,学徒五人组来到码头,他们将在这里登船,去到通往伊拉克什的水晶门。天气晴朗,清风拂面,与谢里夫的悲伤心境完全不符。

谢里夫也没有想到离开伊兰蒂亚会让他这么难受。港口活跃异常,所有人都在为与梅隆人开战做准备。今天是寻常的一天,与以往无异。提亚雷特以自己的法杖为拐杖,大步走在王子的身边,就像一个贴身保镖。

维克和他的堂姐及莱珊德拉有说有笑地走在前面。他们似乎对这次伊拉克什之行完全不担心。或许是他们有信心说服苏丹同意谢里夫回到伊兰蒂亚。可以确定的是,没有人的心情如同谢里夫一样沉重。

一个悦耳的声音在他的脑海里响起,*好朋友*,皮里说。*爱着你*。

水晶门：天空之国

在灼热的熔岩中，这个美丽的小精灵学会了一些交流词汇，但到目前为止她只和谢里夫说过话。她发着光，在他的脸颊旁边盘旋，想要安慰他。

当他们抵达航船特里亚之歌号时，大圣者卢比卡斯念动咒语，可以使航船加速到达水晶门。皮尔斯圣者一一拥抱了这些孩子，并给维克和格温絮叨了几句典型的家长式建议："相信你的直觉""永远对他人的文化保持敬畏和谦逊""注意安全"。这些叮嘱是谢里夫的父亲从没有给过他的。两位圣者在跟孩子们道别后回了实验室，但出人意料的是，奎司塔斯提出要护送航船到水晶门。

登船后，提亚雷特和格温嚼了一些辛克根强化胃部，为之后的航行做准备。特里亚之歌号驶离码头，离开海湾时，提亚雷特向她的同伴们提议在露天甲板上来一场小组对练。谢里夫没有参加，他还没有从离开伊兰蒂亚的悲伤情绪里走出来。他走到船尾的栏杆回望那座小岛。格温慢慢走近，她感觉到谢里夫并不想交谈，于是他们看着水面默契地保持沉默。

伤心时刻，友人在旁，这是多么幸福的事情。他真心希望留在伊兰蒂亚。

谢里夫陷入了纠结。他还有什么可抱怨的？他一边享受着王子优渥的生活，一边又享受着无拘无束的自由。他被宠坏了。另外一方面，他的母亲和兄长已经去世，父亲和姐妹对他并没有多少关心，他已然把伊兰蒂亚当成了心中的家园。他在这里遇见了真正接受他的朋友，不是因为他是王子，也不是因为他拥有财富。这些朋友是发自心底地关心他、在意他。无论他是异国的王子，抑或是伊兰蒂亚的学生，还是乌瑞格尔城中的一个奴隶。

第五章

被囚禁在海底的那段日子里，他认清了自己拥有的真正财富：飞毯以及它的忠诚，他在希塔德尔学院接受的来自数百个世界的天才圣者的教导；为他提供滋养的民间智慧，那些支撑他走过逆境、走好顺途，极具洞见的传世名言；他的伙伴们给予他的友谊，以及皮里无条件的爱——她在海底对他以命相救。他很高兴她安然无恙，还因为神奇的阿迦水晶而变得更强大了。

如果一直待在伊拉克什，留在家中，他连这些宝贵财富的一半都无法拥有。谢里夫并非不关心他的子民，相反，他比任何时候都更关注他们。现在既已看清自己是多么富有，即使没有黄金、珠宝、宫殿或仆人，他也清楚地意识到他有义务与邪恶作斗争，保卫他的子民。

实际上，他觉得他不仅仅要对自己的子民负责。曾几何时，他极度厌倦去照看远在故乡的平头百姓，他觉得那是件劳心费神的苦差事。现在他也从心底不愿意待在那里，但却有不同的原因：现在他认为，一个接一个的世界正遭受着阿兹里克和他利欲熏心的爪牙的肆虐，自己却偏安一隅，享受着庇护与安逸，这太自私了。假设真如维克坚信的那样，他有天赋并且是力量之环的一员，那么，他就有责任对抗阿兹里克和他的军队，击败他们，保护所有人。即使他要为此付出生命的代价，那也在所不惜。

全新的你，皮里说，现在截然不同。向苏丹展示。

"你说得对，皮里，"他回答道，"我得让他明白。"

❦

格温开始好奇为什么治学长老坚持护送他们走这一段短途航程。正午时分，蓝袍奎司塔斯召集这群学徒私下谈话，他睿智的

水晶门：天空之国

脸庞表情凝重。"维克斯，格温雅，你们相信自己就是预言之子吗？"

维克挠了挠鼻子。"是的。似乎是那样。一开始我们并不完全相信，但是——"

"证据非常充分，"格温接上他的话，"首先，我们出生在同一个月亮下，就像莱珊德拉经常引用的预言里说的那样。"

在格温的示意下，铜色头发的心灵感应者朗诵道：

生于同月之下，唯有他们可以束缚符文，
锻造力量之环，拨乱反正，逆转仪式。

格温点点头，举起两根手指。"第二，维克的父亲和我的父亲是同卵双胞胎，我们的母亲是姐妹，所以我们血系同族。这又符合了另一个预言，开头说的是双胞胎兄弟和一对姐妹。"

"第八。"维克插了一句，像往常一样，试图打乱她的思绪。

格温打了一下他的手臂。"第三，"她朝着维克竖起中指继续说，"我们佩戴的吊坠的原材料在地球上无迹可寻，它的设计也与众不同。问题是，这些吊坠是计划中的一部分么？不管那计划是什么。我觉得这可能跟预言有关系。第四，阿兹里克认为我们就是预言之子，他可是有五千年的时间来思考这个预言，连他都这么相信，并且——"

"不知道第几点。"维克插嘴。

"第五，如果泰兹是对的，我们五个也能成功地造出来力量之环。那么，这件事情就板上钉钉、毫无疑问了。"

奎司塔斯若有所思地打量了一圈在座的五个孩子。"你们最

第五章

初是如何分辨你们之间有特殊联系的?"

"我们一直都知道我们是好伙伴,"维克立即回答,"但要一起经历钥匙试炼,才能真正清楚我们之间的纽带。"

"是的,"莱珊德拉赞同,并回忆道,"谢里夫亚斯和我已经知道我们就是潜在的钥匙,但提亚雷特娅、格温雅和维克斯还需要经历试炼。"

"我们的水晶都亮了,说明我们就是钥匙,"提亚雷特继续说,"我们所有的水晶——就是全部的五个。"

皮里轻轻靠在谢里夫肩膀上,散发出记忆中的明亮黄白色火焰。

"更奇怪的是,"谢里夫说,"水晶发出的光芒越来越亮。"

维克笑了笑。"可不是,从水晶门中心那些人的反应来看,你会以为我们刚刚在沙丘上造出了一个湖——对,就是在沙漠中。"

"正如预言中所说的那样。"莱珊德拉说。

五颗水晶如太阳般闪耀,将揭示选中之人。

学习时间结束,天选之子集合,黑暗圣者与光明圣者的终局之战,就将到来。

"佩康亚斯长老说以前从未发生过类似的事情。"格温说。

"是的,"奎司塔斯长老说,"我记得他深受震撼。那件事情立马让他相信了你们,根本不用眼见为实。然而,我们委员会中有一些人——海拉莎和帕西马尼亚斯——他们不相信。因为他们觉得你们只是群孩子,不可能从阿兹里克手中拯救伊兰蒂亚,不

· 029 ·

水晶门：天空之国

可能在这么艰巨的任务中发挥什么重要作用，但是伊瑟亚长老、佩康亚斯和我却不这么认为。正是应他俩的要求，我才踏上这趟旅程，希望能给你们提供点儿帮助，哪怕是些小事。"

"海拉莎和帕西马尼亚斯？"维克皱着眉头说，"那很多事情就说得通了。"

"所以，预言之子们，最险恶的情况即将到来，现在就是打造力量之环的绝佳时机。"

维克迟疑。"但是那个预言不是说'当学习时间结束时'吗？我们离学完该学的东西、准备就绪还差得远呢。"

"我的学习生涯貌似结束了。"谢里夫指出。

"没错，"莱珊德拉说，"预言并没有说明是谁的学习时间。"

维克拍了拍自己的脑门儿。"啧啧，每次你都以为你知晓了预言的含义，然后就会将预言剩下的内容自动地联想到你以为的意思上去。"

格温咬着唇角。"我一直在想。泰兹，你还记得你和我试图打开通往地球的水晶门吗？我们去了思学馆，研究了魔法卷轴，还收集了各种需要的材料，包括星阿迦水晶。"她歉疚地看了奎司塔斯长老一眼，"再次抱歉，我们毁了你的两颗水晶。"

"是那个叛徒奥菲恩干的。"谢里夫咆哮道。

"那是你们在努力学习和尝试，"奎司塔斯长老说，"所以我不会苛责你们的。"

格温点点头。"但我依然感到抱歉。不管怎样，你写了一个咒语，泰兹，然后我们安置好了水晶，我们反复测量——"

"你想表达什么？"维克插话。

"我想说的是我们两个人施展了魔法，"格温说，"我们下定

第五章

决心，我们开始尝试，我们成功做到——嗯，接近成功。"

"我还是不明白你在说什么，博士。"维克说。

"我的意思是，奎司塔斯长老是对的。现在是我们打造力量之环的时候了，我们不能坐等时机到来。我们必须自己去找寻途径，做成这件事情。"

皮里闪烁着鼓励的光芒，谢里夫为大家做了翻译。"我的朋友提醒我，我的族人有句谚语'不要只许愿，不行动'。"

维克耸了耸肩。"当然，我愿意试试。也许我们应该围成一个圆圈或者站成五边形。我们参加钥匙测试时，这样做的反响可是很强烈的。"

维克和格温闭上眼睛集中注意力。

什么都没有发生。

"你没走神吧？"格温对她的堂弟耳语。

"也许我们需要一个咒语。"维克建议道。

格温松了口气。"当然。也许一些水晶也会有帮助。"

奎司塔斯长老在一旁看着，说："唉，这次我没有星阿迦石能给你。"

"不过，我有一块水晶，"提亚雷特说，从她兽皮衣服的褶皱中抽出匕首，"海拉莎给了我们每人一把。"

谢里夫从马裤口袋里掏出他的水晶匕首，举了起来。

"酷。"维克说完，拿出他的水晶匕首。莱珊德拉和格温也拿出了她们的。

"好的，"格温说，"现在右手握住匕首，然后与站在旁边的人双手握住刀柄。"她那双迷人的紫罗兰色眼睛严肃地看着她的堂弟。"这很重要，泰兹。我们不能抱着试一试的心态，我们要

· 031 ·

水晶门：天空之国

全力以赴。"

维克嬉皮笑脸。"你在布道么，尤达大师。不是试试，是全力以赴。"

这一次，当堂姐弟闭上眼睛集中注意力时，格温立刻感觉到了不同，一道火花，一股电流穿过她。她睁开眼睛，看见五把水晶匕首都发出了耀眼的黄色光芒。作为回应，皮里的蛋球也闪烁着黄光。格温的整个身体都在颤抖，这种感觉越来越强，让她头皮发麻。格温和维克脖子上的徽章也开始发光，飘浮起来，升到这对堂姐弟的下巴下方。

她不明白原因，但两个吊坠的每个角都分别指向他们五人。

维克毫无预兆地开口了：

"五体合一，力量之环现世；
联手守土，足以为之一战。"

她完全没有预料到她的堂弟会说话——更没想到会说出咒语般的话——从他的表情看得出，他和她一样惊讶。就像是约好的一样，在维克话音刚落之时，格温说："变。"

海蓝色的光芒从维克吊坠的边缘射出，连接到五人的水晶上。同样，格温的吊坠也射出了紫罗兰色的火焰。在她身边，谢里夫倒吸一口凉气，他们之间的联结将流经他们的力量增强了十倍。比蜘蛛网还要细的银线和金线发着光，从每把匕首的尖端蔓延开来，并与其他四把匕首的尖端相连。格温的注意力完全集中在他们形成的圆环上，她的视线里没有这艘船、天空、海洋或奎司塔斯长老。格温脖子后面的汗毛竖立，刺痛从她的脚底泛起，

第五章

流窜到头皮,再回到脚底,循环往复。她能感觉到自己与其他人的联系,不仅是维克,还有谢里夫、莱珊德拉和提亚雷特,这是她以前从未有过的感觉。

这股力量不断涌现。一个与他们徽章上一样的符文在圆圈中心燃烧,皮里在这个符文上方盘旋。几道纤细的电光震荡射出,击中了皮里的蛋球,反射回来,又弹回了中央的符文。就连谢里夫上臂的奴隶烙印也仿佛散发着纯净的火焰。

格温同时感到渺小和巨大,强大和无力,欣喜若狂和受尽折磨。一种难以忍受的紧张感在她体内积聚,直到她再也无法承受。同一时间,所有学徒,仿佛同声一般,发出了一声惊呼。

"变!"

格温眨了眨眼。刚刚发生了什么?跳动的光电之网消失了,但将他们五个彼此联系在一起的纽带依然牢固。她本能地明白,力量之环已经铸就了。她不太确定魔环的力量是什么,但她和她的堂弟——预言之子——已经施展了魔法。

"酷。"维克说。

格温盯着维克。"那么那个咒语你是怎么知道的,泰兹?"

他冲她挑挑眉。"相信我,我和你一样惊讶。它,呃,突然就冒出来了。"

她轻笑。"也就是说,那时候你将脑子里蹦出来的东西脱口而出,居然就造就了魔法?"

"来吧,博士。先来个团队抱抱,稍后再分析魔法。"

奎司塔斯长老带着惊讶的神情走近这群学徒。"你们一定饿了。"他说完便放下一个大托盘,里面装满了食物,格温发现她的肚子确实咕咕叫了。现在已经不是他们拉手成圈子时的正午

水晶门：天空之国

了。太阳落山了。

"已经多久了？"莱珊德拉问。他们都松开了手，收起了水晶匕首。

"啊，你们站在这里至少六个小时了，一直被笼罩在神秘的蒸汽中，"奎司塔斯说，"起初，水手们很惊慌，但我感觉到了雾气的魔力，并让他们放心，告诉他们奇迹正在发生。"

他们依然围着托盘坐下，按照自己的喜好喝着绿色能量液，享用着几大杯凉爽的莫斯啤酒，吃着厚奶酪黑面包。格温吃东西时，觉得周身每一块肌肉都在疼痛，她没想到如此简单的食物竟然这么美味。学徒们的精神逐渐恢复后，长老说他认为五人现在都拥有了新的力量，他们必须尝试发掘新能力并学习如何使用。

"现在，"他说，"是时候起航了。一个小时前我们就已经到达水晶门了。是时候打开它了。"

"没问题。"维克说完便开始念出阿兹里克纹在他手腕上的解封符文。他念出了黑暗圣者教的咒语，水晶门渐渐开启，空气中开始闪烁水晶般的火焰，在水面上形成一个巨大的拱门。

"我本来打算让谢里夫亚斯开启他，"奎司塔斯惊讶地说，"这是他的世界。"

"我以前从未打开过水晶门。"谢里夫说。

"那你更应该来开启这道门。"提亚雷特说，用双手做出投掷动作。一瞬之间，水晶门不见了。

格温震惊地瞪大眼睛。水晶门打开通常要几分钟，而这扇门在几秒钟内就消失了。

"你做了什么？"维克问他的阿非里克朋友。

提亚雷特摊开双手，仿佛答案显而易见。"我把门关上了，

第五章

好让这位王子练习开启水晶门。"

格温咬着下唇。"所以问题是——你是怎么做到的?阿兹里克从来没有教过我们。"

提亚雷特皱着眉头想。"我也不知道。我想让门关上,结果门关上了。"

"换句话说,"格温说,"你有了一项新技能。现在我们已经打造了力量之环,你可以按你的意愿随时关闭水晶门了。"

他们的目光都转向了奎司塔斯长老,后者点了点头。"我以前从未见过这种技能。但一直有这样的传说。这个技能在保护伊兰蒂亚,抵御外来入侵的时候可谓是意义重大。"他递给谢里夫一个小魔法卷轴。

面对水晶门应该在的方位,谢里夫念了咒语,水晶门又出现了。

格温集中注意力,试图关闭发光的传送门,但什么也没发生。维克、谢里夫和莱珊德拉也都轮番尝试,但无济于事。

"你现在还能关上水晶门吗?"格温问提亚雷特,想在探寻魔法之环的新力量的实验中获得更多数据支撑。眨眼之后,格温得到了答案。门消失了。

谢里夫上前再次念出咒语。等他和提亚雷特数次成功开启和关闭水晶门后,所有人都信服了。这个来自阿非里克的女孩明显有些疲倦了。显然,非卷轴魔法会消耗施咒人的能量。

"我现在准备好了。回家,"谢里夫说完又有些迟疑,"在前往我的城市之前,我必须问你们一些事情,朋友们。哈希姆死后,我父亲不允许任何人携带武器入王宫。卸下武器前往宫廷会不会给你们造成困扰?"

水晶门：天空之国

"没问题。"维克说，再次拿出他的水晶刀递给奎司塔斯。其他人也交出了自己的武器，但提亚雷特不想放下自己的法杖。

蓝袍长老轻轻伸出手。"我会为你保管好法杖，等你归来。"

"拜托了。"谢里夫说，"我保证在伊拉克什会好好保护你们。"

少女战士一脸苦恼，将法杖交给了奎司塔斯长老。

"谢谢，朋友们。"王子宽慰地说。

然后，他念出了咒语，再次打开了水晶门。

格温看着在空中闪烁的拱形门户，比特里亚之歌号还要大，但他们的航船不能通过。

谢里夫将飞毯铺在甲板上，坐到上面，并示意提亚雷特和格温也坐上去。与此同时，维克和莱珊德拉登上了一个靠近船主桅杆的踏板滑翔机。肌肉发达的水手用滑轮装置将滑翔机提升到桅杆上，直到莱珊德拉和维克到达最顶端。

莱珊德拉发出信号，她和维克开始踩踏板，维克松开固定绳子的束带。滑翔机朝着水晶门和门外的新世界出发。格温感到了熟悉的兴奋，谢里夫让飞毯起飞，与空中的滑翔机碰头。

他们一起出发前往神奇的空中之城。

第六章

进入到水晶门的另一边,海洋消失了,取而代之的是一片起伏的沙丘。伊兰蒂亚的海浪与伊拉克什的沙漠仅被闪闪发光的水晶门隔开。

沙丘上方的淡蓝色天空,被一座巨大的浮岛都市所主宰。即使在远处望去,伊拉克什依然壮丽辉煌。维克呆呆地望着那令人惊叹的空中之城以及眼前难以置信的景象,几乎忘记了踩滑翔机。

莱珊德拉喘着粗气,用力地蹬着腿。"你得让螺旋桨保持转动,维克斯,不然我们就要掉下去了。"

他迅速地闭上了嘴,上下牙齿都撞到了一起。低头看去,他只看到云彩和远处的荒凉风景。"咦,离落下去还差得远呢。"说着他开始踩踏板。他们的滑翔机再次加速,与谢里夫的飞毯并排前进。一行人逐渐靠近这座神话般的空中之城。

在维克看来,这就好像有人用一把巨大的铲子把伊拉克什从

水晶门：天空之国

地里挖了出来，然后将其整个扔到空中。谢里夫的家乡现在被连根拔起，由一块巨大的岩石承载，在这个世界的天空中飘动。

伊拉克什是一座巨大的建筑群，里面有许多高耸的塔楼。它们挤在崎岖的山丘上，由陡峭的街道相连。这些独特的建筑由石头、砖瓦建造，装饰着墙楣、屋顶锯齿，配备着瞭望塔、柱廊阳台和尖形拱门。五颜六色的遮阳布篷和三角旗在棕褐色和白色的石头上泼洒出鲜艳的色彩，长长的亮色缎带从布篷的尖顶飞出，在风中飘扬。

在空中之城的中心，维克看到了苏丹的宫殿，那是一座有着巨大天蓝色圆顶的宏伟建筑，上面装饰着镀金的小圆顶。精心设计的中央建筑角落处坐落着又高又细的尖塔，这让维克想到了预备发射的火箭。

在蜿蜒曲折的山丘间，一堆杂乱的房屋和商业建筑沿着街道相互堆叠。下城迷宫般的地方有一个巨大的市场，让维克想起了大型跳蚤市场。货摊和帐篷犹如大杂烩般地挤在一起——有金属匠、木工、陶工、算命师、织布工、香料商和小吃摊贩。每个单独的摊位都支着颜色艳丽的遮阳篷。谢里夫介绍起他的城市，不同颜色和图案的遮阳篷代表不同的行业。街上挤满了形形色色的路人，有的身着鲜艳的长袍，有的身披尘土飞扬的缠腰布。

莱珊德拉注意到维克的视线。"那是伊拉克什最大的集市。我从来没有去过，但我看过相关记录，它非常有名。"

"看起来很拥挤，"维克说，"啧啧，那里一定有上万人在同时交易。"

"伊拉克什人口众多。"红发女孩说。

一群五彩斑斓的飞蛾绕着屋顶飞舞，它们的体形足有维克张

第六章

开的手臂一样大,像是一群在嬉戏打闹的孩童。虽然远离地面,维克仍能听到伊拉克什人民日常的喧闹声。

当他们俯冲向一个中央集会广场时,维克捕捉到了一丝香料和香氛的味道。他的肚子咕咕叫。他向来喜欢尝试不同的东西。他看到穿着长袍、留着胡须的男人站在一口大锅的旁边,挥舞着双手,召唤出卷曲的薰衣草和蓝色烟雾。"这让我想起了以前的化学实验室。"

莱珊德拉摇摇头,仍然踩着踏板让滑翔机继续前进。"他们是**维齐尔**。伊拉克什以其魔法而闻名,与我们的圣者非常相似,但他们使用的魔法略有不同,称为空气魔法,将有助于我们保卫伊兰蒂亚。"

"我没有忘记我们来这里的使命。但我肯定很快可以休息一下。"

飞毯向他们靠近,皮里的蛋球轻松跟上,在空中飞动。维克和莱珊德拉不得不将他们笨重得多的滑翔机转向。谢里夫舒适地坐在他的紫色飞毯上,格温和提亚雷特坐在旁边。他神情愉快,大声喊道:"是不是非常美?我的城市伊拉克什是有史以来建得最宏伟的城市。"

"我向你保证,它让我大开眼界,"维克喘着粗气喊道,"我们要准备着陆了吧?你知道的,我们可不是所有人都坐在飞毯上啊。"

在岩石山脚下,有一条陡峭弯曲的街道通往壮丽辉煌的巨大宫殿。谢里夫让飞毯下降了一点,找到了一个空旷的广场。"我们可以直接降落到宫殿的某一个阳台上。但在那之前我想先带你们参观一下。"王子落地时,他的脸上自豪与骄傲溢于言表。

· 039 ·

水晶门：天空之国

"当然，我乐意扮演游客。"维克说。

"苏丹不是要求你立即去见他吗？"提亚雷特问。

谢里夫的脸沉了下来。"如果我父亲知道我们已经到达了，天知道他会给我安排什么任务。反正我们很快就会见到他。"

谢里夫仔细地卷起他紫色绣花飞毯，对齐边缘并确保流苏没有缠在一起。在伊兰蒂亚，他是唯一拥有飞毯的人；即使在伊拉克什这座空中之城飞毯似乎也很少见，想必只有上流贵族才能拥有。

他们的队伍吸引了相当多的人。一些商人跑出来围观发生了什么。孩子们从二楼和三楼的窗户探出头来。人群中传来阵阵私语。"阿里王子！阿里·谢里夫王子回来了！"

谢里夫脸红了。他吸了口气，抬起下巴，举起双手。"是的，我已经回到了伊拉克什，但我在伊兰蒂亚还有未尽事宜。那里还有很多事情要做。"

皮里在他身边晃来晃去，泛着鲜亮的淡蓝色光芒。她和王子一样引起了轰动。"小精灵也长大了，看看她变化多大呀。"

"皮里经历了磨难，"谢里夫说，"但现在她变强了。我也成长了。现在我来看望我的族人，觐见我的父亲。"

维克认为这个男孩有点在炫耀。在和他成为好朋友之前，维克认为谢里夫有些自负，总觉得自己无比重要。现在，虽然他知道这个年轻人从没想过要成为伊拉克什的领袖，但阿兹里克杀死了他的兄长哈希姆，这个王子别无选择只能担起这个重任。

谢里夫将飞毯塞在一只胳臂下，带领他的朋友们向前走。有些人为他欢呼，有些人只是盯着他看。在一个货摊前，谢里夫停下来查看一排又长又粗的法杖。这些法杖是用磨光的木头制成

第六章

的，用铁包裹了末端。他选了一个，递给卖家一枚硬币。小贩连连道谢。谢里夫把法杖给了提亚雷特，说："我们在伊拉克什的时候，你可以用这个。你可以带着它进宫。它不是武器——不过需要的话，我觉得你也能把它用成武器。"

提亚雷特点点头表示感谢，举起法杖，在鹅卵石上敲了敲。手杖发出悦耳的砰砰声，阿非里克的女孩笑了笑，看起来轻松多了。

"有点让我想起《罗宾汉》里小约翰的铁头木棒。"维克笑着说。

"你说的那根铁头木棒是用来防御的，还是用来辅助虚弱之人走路的？"提亚雷特问。

"那肯定是防御。"格温向她保证。

维克笑了笑。"小约翰可跟虚弱没一点儿关系。"

"不错。那么这是我的铁头木棒。"提亚雷特说。

他们走过一家小吃摊的帐篷，帐篷的颜色是鲜绿色和艳粉色，亮得让维克的眼睛都疼了。但真正引起他注意的是那诱人的香味，他的肚子咕噜咕噜地响了起来。

注意到他朋友们脸上饥饿的表情，谢里夫笑了。他走到小贩面前。"这是城里最好的烤串吗？"他问。

"当然是了，我的王子。"男人骄傲地挺起胸膛，"我以我母亲的生命保证。"

"那你母亲还活着吗？"

男人犹豫了。"尽管如此，这仍然是这个城市最好的烤肉串。"

谢里夫笑了笑，慷慨地递过硬币。"我们来试试看是不是这

水晶门：天空之国

样吧。"他将那香味扑鼻的肉串递给维克、格温、提亚雷特和莱珊德拉，他们每人都尝了一口鲜嫩的肉。

维克猜想那是某种鸟，可能是鸽子或鸡。"这是我在伊拉克什吃过的最美味的烤肉串。"

小贩拍了拍胸口。"看吧？我的顾客很满意。"那人提高嗓门喊道，"全城最好的烤串！连阿里·谢里夫王子都吃我的烤串。"

谢里夫很高兴，领着他们前行，沿着陡峭的山坡朝宫殿走去。"我的世界大部分地方都是沙漠，但有许多郁郁葱葱的绿洲。我的多数子民都是游牧民族，拉着大篷车在沙地上穿梭，游走于部落之间运送货物。在这些贸易路线的交会处，矗立着一座伟大的城市——伊拉克什，城内有铺石的街道和高大的建筑，高处有尖塔和圆顶。很久以前，人们在盐矿、灌溉田和茂密的棕榈林附近建造了这座城市。但数代以前，阿兹里克对伊拉克什下了诅咒。我们的水井和渡槽干涸了。空气中充满了灰尘。绿洲枯竭变黄失去生机。没有水供人生存。如果不是伊拉克什的空气之灵帮助我们的维齐尔施展强大而复杂的魔法，我的族人早就灭绝了。这个咒语将整个城市连根拔起，让它平地飞升，连同城内的宣礼塔和尖塔、圆顶和拱门、宫殿和集市。从那以后，伊拉克什乘着沙漠的风飘过开阔的天空。我们高高地飞过干旱的沙丘，直接从云中取水。"

一行人爬完通往苏丹宫殿的最后一百级台阶后，维克已经气喘吁吁。"我觉得这里的空气太稀薄了。"

"除了空气和水，天空还剩下什么？"谢里夫问。

维克想到了几个答案，但他连争辩的力气都没有。

宫殿入口前是一个铺着华丽的珐琅块、镶嵌着硕大宝石的锁

第六章

孔拱门。守卫们手持长矛站在门口,长矛的尖端是青铜制成的,周围环绕着色泽艳丽的羽毛。守卫们的胸前和腰部都穿着金鳞铠甲。每个卫兵都戴着一个高大的头盔,身披亮紫色的斗篷。

见来人,守卫们立刻集中注意力,举起长矛戒备。站在最前面的守卫,留着修整得方方正正的黑色胡须,朗声宣布:"阿里·谢里夫王子回来了。"

"我是来觐见父亲的,"谢里夫说着,从守卫中间大步走过去,"这些是我的朋友。"

维克走到莱珊德拉身边,两人都瞪大了眼睛盯着拱形穹顶的主厅。苏丹王子亲自上前解释这个地方是为容纳大量来客而设计的。此刻,王宫里空荡荡的,只有几个宫廷侍从。几只鲜绿色和红宝石色的飞蛾从敞开的窗户中飞出来,飘向高高的穹顶。明亮的阳光透过头顶半透明的宝石拱顶,投射下蓝宝石般的光芒。

皮里向前飞行,照亮了道路。来来往往的人穿过拱形房间,在宫殿的其他大厅和房间穿梭走动。窗帘在微风中飘动。维克忍不住四处张望。他的脖子都扭疼了。

最后,一个男人出现,散发出一种让维克感到安心的冷静气场。他不矮不高,不黑不白,不老成也不幼稚,既不是英俊潇洒也不是丑陋不堪。这个平平无奇的男人有一头金光闪闪的头发,长长的胡须编成一条粗辫子。他头戴奶油色头巾,轻巧的圣者长袍上染着夕阳的颜色:天蓝色、淡紫色、桃红色和玫瑰色交织在一起。

谢里夫咧嘴一笑。"维齐尔!"他向他的朋友们介绍,"这是我父亲麾下最受尊敬的巫师——知识渊博的贾比尔。我们可以和他谈谈伊兰蒂亚的事情。"

· 043 ·

水晶门：天空之国

"首先，我们应该谈谈你父亲的事情。"贾比尔语带责备。

谢里夫向前走去。"是的，父亲召我回来。我们以最快的速度赶来了。他说有重要的事情。"

维齐尔阴沉着脸点了点头。"时间不多了。我们可能只有一个月，不会再多了，而且我们还有很多事情要做。要赶快。"

"要做什么？"格温问，但没有得到回答。

他们都在老巫师的催促下加快了脚步，但谢里夫似乎并没露出担忧的神色。当贾比尔的长袍在他身后飞动时，长袍上柔和的颜色产生了令人目眩的效果。维齐尔推开厚厚的帷幔，穿过一排又一排帘子。维克觉得自己好像在一家拥挤的服装店里挣扎着。他用力拨开眼前的布帘，试图开辟一条前进的道路。

谢里夫解释说："这些挂饰不仅仅用于装饰，也是为了迷惑刺客，提供防御。"

"不幸的是，它们无法抵御所有刺客。"贾比尔说，他们终于到达了苏丹的卧室。

谢里夫的父亲躺在一张巨大的床上，床上铺满了丝绸靠垫。所有靠垫都有流苏和刺绣。床边挂着挂毯和开织网布。谢里夫停住了，难以置信地盯着那些枕头中僵硬的人影。

一位老人神色憔悴，精疲力竭。他抬起头眨了眨眼睛，一开始连自己的儿子都没认出来。维齐尔靠近谢里夫。"你的父亲苏丹快要死了，你必须接替他的位置，拯救伊拉克什。"

第七章

一瞬间,谢里夫的镇定消失了,格温从他的反应里看出了孤独与无助。她想伸手搂住他,给他力量。他们此次前来的任务是说服谢里夫的父亲,让这位王子留在伊兰蒂亚,好为他的子民做更多的事情。然而世事难料,谁也没有想到,这位苏丹竟然大限将至。

"发生了什么事?是谁干的?"谢里夫问。他走到床边,猛地甩开薄薄的帷幔,束缚着帘布的吊环松开了。帘布与床前瓷砖地板上的深红色绣花地毯摩擦,发出叹息般的响动。皮里飘浮在王子身后,发出悲伤的暗蓝光。

提亚雷特用法杖在地板上重重一击。"这里不安全吗?"

莱珊德拉说:"他看起来非常虚弱。为什么你觉得是有人害了苏丹?"

"我上次见他时,他还很健康,"谢里夫坚持说,随后压低了声音,"但那已经是很久远的事情了。"

水晶门：天空之国

苏丹在床上动了动。起初，他的眼神模糊无神，但随后就像点燃的蜡烛一样，变得明亮起来。格温可以看出父子俩的相似之处。老者的眼眸虽然凹陷了，但依旧漆黑，对称地镶嵌在弯弯的眉毛之下。他的脸很瘦，高高的颧骨突出，下巴有些龟裂。

苏丹深深地吸了口气，用如小鸟般细弱的肘部努力撑起身子。他重重地摇了摇头，目光锁定了谢里夫。"啊，我的儿子……虽然不是哈希姆。但你也是我的儿子，阿里。好在你来了。"他深深地叹了口气，又吸了一口气，然后挣扎着坐直了。接着，出乎所有人的意料，苏丹以洪亮的声音对着他的维齐尔吼道："贾比尔，你应该事先通知我的。我不希望他们看到我这样。"

老巫师严肃地摇摇头。"他们必须了解情况，苏丹。"

"他们不需要一下子就知道所有事情。那样谢里夫才有足够的时间来应对。"

"他们是我的朋友，"谢里夫说，"是我把他们带到了伊拉克什。"

"你不再需要朋友了，"苏丹说，"你需要的是军师。"说完他就咳嗽个不停，喉咙里发出咔咔声。

"可是……他怎么了？"格温小声说。她想到了各种各样的突发疾病，那些使人衰弱的疾病。

维齐尔淡淡道："他中毒了。一名刺客骗过了我们的测试。"

"我们抓住了刺客，"苏丹咳嗽了一声，听起来余怒未消，"但为时已晚。毒已经深入骨髓。"

"毒。"提亚雷特警惕地环顾四周，"犯人被审讯了吗？"

"是的，被处决了。"贾比尔说。

"可是为什么会有人想要杀你父亲呢？"维克问。

第七章

苏丹躺在床上，发出干巴巴的笑声。"我没有足够的时间来解释所有原因。你只需要想想，有数百个不同的派系和家族，而每个人都有自己的需求和愿望。"

"一种名为特罗达克斯的强悍怪物频频袭击我们的城市，"苏丹没有力气再继续讲述，维齐尔接过话头，"这种身有蝙蝠翼的生物曾经只是原始的掠食者，但现在已经进化到筑巢而居。它们想要杀死生活在伊拉克什的所有居民，鸠占鹊巢，并将我们的空中城市作为它们的巢穴。跟特罗达克斯是没有道理可讲的。"

"那也就是一只特罗达克斯毒害了苏丹？"格温问，她试图了解这个故事的后续。

维齐尔摇了摇头。苏丹靠在床上。"并非如此。是我授意联系艾格洛尔人，希望能结成联盟来保护伊拉克什。他们的领袖拉顿王表示艾格洛尔人可以帮助我们保卫家园，只要付出相应的代价。"

格温的目光从苏丹转到维齐尔，最后落在谢里夫身上。"他们是这个世界的吗？艾格洛尔人是？"

"特罗达克斯和艾格洛尔人都与伊拉克什共存于这个世界，"谢里夫说，"艾格洛尔人看起来像人类，但背上长着巨大的羽翼。他们的文化比我们的更加野蛮原始，尽管如此，比起特罗达克斯，艾格洛尔人与我们相似点要多得多，特罗达克斯根本与人类毫无关系。"

"好吧，让我捋一捋，"格温说，"首先，特罗达克斯肆虐，危害伊拉克什，对吧？其次，你们与长着翅膀的艾格洛尔人结盟保护伊拉克什。第三，有人因此毒害了你？"

维齐尔扯了扯他编成辫子的胡须。"艾格洛尔人和伊拉克什

水晶门：天空之国

长期纷争不断。我们和鹰羽人之间可没什么团结友爱可言。许多家族都反对与艾格洛尔人结盟。"

"啧啧。要我说，安全第一，骄傲在后。如果结盟可以拯救伊拉克什，谁又在乎那么多呢？"维克又问，"他们就不能达成一致对抗共同的敌人么？"

"事关荣誉。在伊拉克什，如果尊严问题得不到妥善解决，就会引起激愤。"

贾比尔继续解释说："苏丹的安全一直饱受威胁，所以我们强化了防卫，运用魔法来确保他的食物或者饮品安全无虞。"

"听起来你需要做得更好。"维克嘀咕道。

"刺客下的毒药无法被检测。在一场盛宴上，苏丹无意间就摄入了这种慢性发作的药粉，之后刺客施展了催化咒语，将这种无害的物质转化为一种强大的毒液。这种有毒物质太厉害了，苏丹差点儿没有撑过那天晚上。万幸毒素一被激活，我就发现了，并制作了解毒剂。"

"那父亲为什么没有痊愈？"谢里夫问。

"唉，阿里王子，解毒剂的效用只是暂时的。它只能在短时间内中和毒性。毒药已经深入你父亲的五脏六腑，没办法逆转了。现在他每天必须摄入更多的解毒剂才能勉强维持身体运转。"

"仅仅只是续命。"躺在床上的老苏丹咳嗽了一声，"那名刺客是一个贵族，他家族的许多成员在之前与艾格洛尔人的小规模冲突中被杀。他们宁愿看到伊拉克什坠落到地表，彻底毁灭，也不愿原谅艾格洛尔人。"

"这太荒谬了，"格温说，"听上去他们已经陷入疯狂。"

"他们被彻底地激怒了。他们的首要目标就是不与外部势力

第七章

妥协。"

"我不懂他们的想法。"谢里夫厉声说,"而我也不是外部人员。"

贾比尔摇了摇头。"不,王子殿下,你可不能冒风险被人排斥。你现在必须完全融入,让所有人接受你。伊拉克什子民还不知道苏丹身中剧毒,整个国家无法承受这件事可能引发的混乱或者是颓靡。摄入解毒剂后,苏丹的身体可以暂时恢复,让他可能主持朝政……一段时间。你必须借这个时机继位,以免子民担心失去苏丹。"

小王子正想要争辩,外面的钟声突然响起。人们在最高的塔楼和宣礼塔上大声喊叫,另外一些人敲锣打鼓。街道上喧闹异常,格温冲到苏丹卧室的开放式阳台上。

维克赶紧走到她身边。"发生什么了,博士?是外来攻击么?"

"我觉得这听起来像是警报。"她说。

在下面拥挤的街道上,人们正在拉出遮阳篷,打开蓄水池。大人和孩子们行色匆匆,在街上摆出宽阔的平底锅。小吃摊贩努力系紧遮阳篷的织物,遮住他们的商品和烤架。提亚雷特和莱珊德拉也走过来查看情况,但谢里夫似乎完全不在意骚动。"只是碰到云层了,我们马上要穿过云层。"

湛蓝的天空顿时被乌黑的浓雾笼罩。伊拉克什飘向一团翻滚的积雨云,很快这座城市就被笼罩在灰雾中。当他们深入云层时,周围出现了一道又一道的闪电。

然后倾盆大雨开始了。突如其来的雨水从云层中倾泻而下,冲刷着街道,在排水沟中奔流,灌满水箱、锅碗瓢盆,以及人们摆出来的一切容器。

· 049 ·

水晶门：天空之国

"这就是我们收集水的方式。"谢里夫说。

尘土飞扬的街道很快变干净了。孩子们在雨中嬉笑着跑动，宽松的衣服湿透了。水滴从阳台吹回来，洒在松散的窗帘上。格温深深地吸了一口清新的空气。她能听到大雨滴落在屋顶瓦片上断断续续的敲击声，在街上的水坑里溅起的水花声，在雕像和尖塔汇成的小溪奔流而下的声音。

来得快去得快，几分钟后雨便停了，雨水消失在浓雾中。随后，伊拉克什冲出了云层，沐浴在耀眼夺目的暖阳中。不一会儿，街道上的积水开始蒸发，变成水蒸气盘旋上升。彩色玻璃窗反射出灿烂的阳光。外面的喧嚣有一瞬间的平息，但随着商贩重新摆出摊位，集市活动又逐渐热闹起来。人们走出大门，离开避雨的地方，继续他们的交易。

格温觉得这种场景很新奇，但伊拉克什的子民早就习以为常。

苏丹咳嗽了一声，召回谢里夫的注意力。"我没有多少时间了，也许是一个月，也许更少。你现在是我唯一的儿子，阿里。我心爱的哈希姆死了。被阿兹里克谋杀了……但你活了下来。"

皮里在空中飞舞，散发的光芒在激动的橙色和担忧的鲜绿色之间交替。

格温觉得，苏丹的话听起来像是在指责谢里夫没有替兄长去死，让他这位父亲大失所望。"所以，我需要依靠你。我们必须让你做好准备继承苏丹之位。没有更多的时间让你继续在伊兰蒂亚悠闲自在，也没有时间留给你学习与管理伊拉克什无关的事情。现在，你的一生都只能服务于我们的城市。这是你与生俱来的使命。"

第七章

　　谢里夫身体僵硬，试图寻找推托的理由。"这是哈希姆的使命。我从没有想过——"老苏丹气得脸都红了。还没等他父亲冲他大吼，年轻人就摆了摆手。"我知道了，我知道了，父亲。别动气。"他听起来十分沮丧，"我们本来是来为伊兰蒂亚寻求帮助的，现在我却突然必须成为治理国家和处理政务的专家。"

　　"我们会一直在你身边。"格温说。

　　莱珊德拉、提亚雷特和维克都站在老苏丹的床边，紧挨着这个年轻人。

　　"别担心。我们都会全力以赴帮助你。"维克说。

　　"你要履行你的义务。"苏丹说完就倒在了枕头上。

第八章

即使是在听到苏丹说出一连串令人震惊的消息后，格温还是忍不住被周围的一切迷住了心神。维齐尔带领五名圣者学徒走出宫殿大厅，穿过狭窄塔楼中的细长拱形门廊，登上一段似乎永远没有尽头的螺旋楼梯。

"这些人怎么了，为什么要把楼梯造成这样？"维克在她身后嘀咕。

谢里夫就走在格温前面，似乎已经习惯了攀登，而皮里则在他的头顶盘旋，兴奋地闪烁着青绿色的光芒。"这些塔是我的子民为了纪念空气之灵而建造的。"谢里夫说。说到这里，皮里得意地发出白光。

格温非常了解她这位朋友的情绪，从他的声音中听出了苦恼，便问："你不是告诉我们你已经背弃了空气之灵吗？"

听到这话，贾比尔猛地回头看着这群人，皮里的光芒变得暗淡，成为不确定的暗绿色。借着精灵的光芒，格温可以看到谢里

第八章

夫的脸因懊恼而变得通红。

"在很大程度上是,"他承认道,"但不完全是。"

"尽管谢里夫有疑虑,但皮里似乎很高兴能到空气之灵的塔中。"提亚雷特在一行人的后方说。

介于维克和提亚雷特之间的莱珊德拉说:"那是因为皮里本身就是一个空气之灵。"

维克结巴了一下:"她是……什么?"

格温在他上方的楼梯突然停了下来,害得他撞到了她。她的目光从莱珊德拉转到谢里夫再到皮里,最后看着谢里夫。"皮里是空气之灵,你为什么没告诉我们这件事?"

精灵的蛋球发出一种危险颜色。谢里夫暂时避开了他们的目光,伸手摸了摸蛋球,又开始上楼。"她不是空气之灵。至少现在还不是。"

他的朋友们在攀登中已经上气不接下气,没有再多问。到达宣礼塔的顶部后,他们来到一个环绕整个塔楼的阳台上。阳台的最外面部分由栏杆和金丝网保护,这些网从石栏杆一直延伸到遮蔽阳台的铜屋顶的边缘。开满鲜艳花朵的大型盆栽植物填满了空地,看不见的生物拨弄着饱满的叶子。

"你说皮里还不是空气之灵是什么意思?" 格温喘得说不出一句整话,她深深地吸了一口新鲜空气。

"他的意思是,"维齐尔替谢里夫回答,"她还没有成为完全体……尽管已经很接近了。"贾比尔从一盆植物中捡起一条看起来像长毛的丰满棕色蛇一样的东西,抚摸着它。格温走上前抚摸它光滑的毛背,贾比尔继续说:"皮里还不是空气之灵中的一员——它们有时被称为精灵——就像这只毛绒蠕虫还不是信蛾一

水晶门：天空之国

样。"说到这里，他一抬手，三只颜色鲜艳的巨蛾落在了他的手臂上，他们在飞过城池时看到过这些巨大的蛾子。格温环顾阳台才注意到，在高塔防护网内，到处栖息着这些艳丽的飞蛾。

"那是毛毛虫？"维克问，走上前去仔细观察这只虫，"它和我的前臂一样长。"

莱珊德拉将一只手搭在他的手腕上，读取他的想法，说："是的，它与毛毛虫非常相似，但伊拉克什的信蛾比普通飞蛾具有更高的智力。"

"这只毛虫会变成信蛾。"维齐尔发出了一声哨音，信蛾飞了下来，栖息在这些学徒的肩膀上。"信蛾非常聪明，"他说，"它们就像伊兰蒂亚的丝歌丽信使鸟和阿奎特娃娃鱼一样，在城市周围传递信息和运输小物品。"

"太酷了。"维克触摸了停在他左肩上的一只蛾子那宝石般的翅膀。

"皮里和毛虫不一样，"提亚雷特说，"我们说的是空气之灵。"

贾比尔赞同道："她的蛋球更接近茧或蛹，在那里她会变成空气之灵。"他更仔细地观察着被球体包裹的精灵。"她变化很大，比过去一年成熟得更快，这不同寻常。"

"是因为熔岩，"谢里夫说，"该死的奥菲恩把她扔进了熔岩裂缝中作为对我的惩罚。"

"但她活了下来。"格温说，她看到谢里夫一闪而过的悲伤，握紧了他的手。从他脸上的焦急，她看得出，他不仅为这段过去所困扰，还担心着他的父亲。

提亚雷特用法杖敲打着石头地板。"皮里在磨难中变得更强

第八章

壮、更聪明,就像我们在囚禁中所经历的那样。"

维齐尔再次点头。"这就很能说明问题了,请坐。"他指了指环绕塔楼的石凳。当五名学徒坐下来时,信蛾们翩翩飞走了,学徒们透过网眼遥望外面广阔而美丽的城市。贾比尔保持站姿,沉默地打量了他们一会儿,轻轻抚摸他编成辫子的金色胡须。他的袖子、肩膀和头上落着几只信蛾,但他没有理会。最终,他的眉毛惊讶地扬了扬,无声地"哦"了一下。

"我才意识到,此刻在我面前的不仅仅是一个心不甘情不愿的王子、四个孩子和一只精灵。"他深鞠一躬,对着谢里夫,也对着在场的孩子们,"预言已经昭示,你们就是力量之环。"

学徒们交换了惊讶的眼神。

"维克斯和格温雅是预言中的孩子——那是伊兰蒂亚一个非常重要的预言。"莱珊德拉说。

提亚雷特说:"我们需要谢里夫帮助我们保卫所有的世界。他是圆环的一部分。"

"我不想让我的父亲或者是我的子民失望,"谢里夫说,"但我们在场的每个人都拥有特殊的力量,我们必须学习利用这些力量才能保卫所有濒临毁灭的世界——不仅仅只是这个世界。"

很快他们就齐声交谈起来,解释伊兰蒂亚的预言、阿兹里克释放军队的计划、学徒之间的特殊纽带,以及他们最近锻造成力量之环的事情。

"我不单单只是一把通往伊拉克什的钥匙以及一个等待继位的王子。"谢里夫总结道,"我还有了新的使命。并且如果不保护其他人,我也无法保护我的子民。"

"我明白了,"贾比尔一边说,一边在一小张丝纸上匆匆写下

水晶门：天空之国

一条信息，"你既肩负着家国重担，也承担着保卫全世界的使命。你们几个都身负重任。"他把信息交给了一只驯服的信蛾，带着它来到金丝网的边缘，随后把它放到开阔的天空。"我也背负着重任。"他的嘴角勾起一抹苦笑，"我也一样，不仅仅只是开启这个世界水晶门的钥匙。我也不是一个普通的维齐尔。作为伊拉克什的大维齐尔，我拥有相当的力量和影响力。"

"换句话说，他是他们的大圣者，"格温对维克耳语，"就像卢比卡斯。"

"我同时也是一把万能钥匙。我可以打开任何未被封印的水晶门。就像我们的族人常说的那样：天赋的意义不在于拥有它，而在于运用得当，造福他人。我非常了解阿兹里克如何运用他的天赋——用于欺骗和谋杀，攫取权力，并改变他的外貌以逃脱惩罚。他因此堕入邪恶，背叛本性。我效忠于苏丹和我的子民，如果你们五个人必须保卫所有人以庇护这座城市，那么，尽我所能帮助你们就是我的使命。"

谢里夫坐得更直了。在格温看来，父亲重病带给他的困扰似乎消解了些许。"如果你能帮助我们了解开发我们自身的特殊能力，那可就帮了大忙了。"

"那样的话，我觉得去大图书馆做一些调查是最明智的选择。我们今天就得去，因为明天王子和我将陪同苏丹主持庭务并与艾格洛尔人签署条约。"

"那我们现在就去图书馆。"谢里夫说。随后，对他的朋友补充道："伊拉克什大图书馆可是享誉世界的。"

"我肯定它可不会比伊兰蒂亚的思学馆大。"维克有点儿护犊子似的说。

第八章

"这又不是什么比赛。"莱珊德拉直接点破。

维齐尔扯了扯他的胡须辫。"确实没有。这里的图书馆在规模上可能不会更大，但是却非常特别。事实上，这位年轻的女士，"他对提亚雷特点点头说，"我相信你会非常感兴趣的，因为那里收藏了一份来自阿非里克的伟大史诗副本。该副本一直在更新。"

提亚雷特发自内心地笑了："那样的话，我想我还有一些章节要补充。"

贾比尔一甩他的彩色长袍，说："跟我来。"然后领着这些学徒走下塔楼。

伊拉克什大图书馆由光滑的二十角星芒状象牙石建造而成，在它的圆顶中央枢纽区域向外辐射出长长的拱形画廊。每个画廊分支尽头都有一个带柱廊的阳台。图书馆的地板上镶嵌着水晶和大理石，排列成复杂的几何图案，据贾比尔说，这表明了存储在该区域的信息的主题。

伊拉克什大图书馆是一个技术奇迹，馆内储存了大量的书籍和卷轴。所有书籍和卷轴都按照精确的数字系统排列，存放在一个又一个的书架上。这些书架由复杂的无噪声齿轮和滑轮系统驱动，可以根据需要将任何书架降低到视线水平。与思学馆不同的是，在这个图书馆中，不需要丝歌丽信使鸟来传递卷轴。信蛾在中央的水晶穹顶中翩翩飞舞，享受着灿烂的阳光。

在一个盛满凉爽饮用水的漂亮马赛克瓷砖喷泉旁，一行人认真研究了几个小时。维齐尔出声终止了大家的阅读："我相信我们现在知道该干什么了。我阅读的文献表明，你们每个人的特殊能力将在需要使用之前，通过有意识或无意识的行动展现出来。

水晶门：天空之国

事实上，在你们没有意识到的时候，你们中的某些人已经展现过技能了。"

"什么意思？"维克说。

提亚雷特用法杖敲打一下她被皮革包裹的脚，以免在图书馆发出声响，说："我已经知道我的技能了。是在来这里的路上发掘的，我可以按照自己的意愿关闭水晶门。"

维齐尔看起来很惊讶。"这对于防御另一个世界的外敌入侵可能非常有用。"

"但我们其他人并不知道我们的能力是什么。"维克说。

随后这对堂姐弟讲述了他们是如何来到伊兰蒂亚以及他们到达后的经历，维齐尔对此感到兴奋异常。"所以，虽然皮尔斯圣者是一把钥匙，但并不是他通过封印的水晶门把你们从地球送到伊兰蒂亚的？"

"我们的母亲几年前打破了水晶门的封印。"格温说。

维克补充说："我的父亲前段时间跟着我们通过水晶门来到了伊兰蒂亚，但不是我们原来通过的那一扇。"

"那么我认为，"贾比尔说，"你们中的一个拥有五千年来任何圣者或维齐尔都不曾拥有的能力：创造前所未有的新水晶门。"

"哦，那扇门不是我们创造的。卡普叔叔设置好了水晶并进行了计算。"格温说。

"是的。"维克表示赞同，挥舞起双手，模仿圣者的动作，"如果我们中的一个人有这种能力，那么我们所要做的就是认真研究他，嘿——芝麻开门——门就会出现。我们知道——"维克目瞪口呆地望向喷泉背后，那里出现了一个巨大的水晶拱门，闪烁着玻璃万花筒般柔和的光芒。一支沉重的长矛穿过拱门，越过

第八章

他们的头顶,有惊无险地插在了一堵墙上。几支箭穿过拱门呼啸而过,格温和维克凭借自御之法敏捷地躲开了。

一队举着长矛和斧头的战士冲过拱门,目光贪婪地打量四周,然后发出一阵喊叫声,又招了招手,好像打算集结他人,接着便一起退回了水晶门。

提亚雷特跳起来,举起手掌,水晶门消失了。"我关了它。"她加了一句。

"那是什么地方?"莱珊德拉睁大眼睛问,"他们在说,'快点过来'。"

"那扇门是你创造的吗,泰兹?"格温问,"不是我做的。"

维克回想起发生的事情。"我……我没有想要创造那扇门。我只是在说如果要造出一扇门可能需要怎么做——然后门就出现了。"

格温浑身一颤。"好吧,我恳切地希望你学会更好地控制能力。今天幸亏提亚雷特在这里。"

"我觉得我们的能力本来就需要一起使用。"战斗少女说。

"我们的圆环不可拆分的理由更充分了。"维克提出。

"我相信王子会找到办法来完成自己的所有使命。"维齐尔说,"就像你们其他人很快就会领会你们的天赋一样。"

"嗯,以后再想天赋的事情吧,现在想想吃饭的事情。"维克的肚子咕咕叫,"突然之间感觉饿死了。"

提亚雷特点点头。"我也很饿。"

"哼!"维克说,"谁能想到使用魔法——即使是无意识的——这么消耗能量?"

第九章

到了与拉顿王和艾格洛尔人约定的外交会谈那天，伊拉克什飘浮在空中，停留在一个茂密的森林山谷上空。与伊拉克什原先所在的地方不同，这是一块未受阿兹里克诅咒的地方。在维齐尔们的空气魔法的控制下，这座壮观的天空之城渐渐降落。

维克从一个阳台冲到另外一个，观察着下方的地面。两天以来，他们在空旷的天空中飞行，所经之地皆是荒芜的棕色沙漠和干涸的湖床。然而，一夜之间，他们就到达了一片完全不同的地方。

伊拉克什在这个新地方的上方停留，在逐渐靠近地面植物的顶端时，维克注意到这片森林里长的都不是寻常树木。这些树没有僵硬而坚实的树干，而是生长在肥厚的蓝绿色多肉植物带上，被比空气还轻的气囊高高举起。天然的氢气球体将这些沉重的植物抬起，扁平的带状叶子散布在空中，形成一个树冠。

这让维克想起了水下那片海藻林。当他和朋友们躲避梅隆人

第九章

追捕时，茂密的杜利亚草为他们提供了一个水下藏身之处。他看到了建造在叶子和厚实多肉的茎秆中的圆形建筑——看起来像是作为临时巢穴的木屋。

谢里夫步入温暖的空气里，来到维克身边。天蓝色的三角旗在阳台上方微微飘动。皮里在他身边飞来飞去，像个忠实的追随者。

"维克斯，宫廷里的裁缝为你准备了新衣服。我们即将会见艾格洛尔人的代表，如果你能穿上这些正装，我将不胜荣幸。格温雅、提亚雷特和莱珊德拉已经换好服装了。"

维克拿起一件闪闪发光的蓝宝石色衬衫。"咦，这和我的瞳色差不多。"

"那是特意挑选的，维克斯。"

维克拿起蓬松的马裤、尖头鞋和金腰带。"我要变成阿里巴巴了。"

"你会看起来像个高贵的王子，"谢里夫纠正道，"这位阿里巴巴是你们世界的王子吗？"

"不……他是个小偷。"

谢里夫哼了一声。"这样的话，那就让我们期待你会跟阿里巴巴截然不同。"

谢里夫离开后，维克费了九牛二虎之力才换上装束，但一些配件仍让他无所适从。两个仆人在他身上小题大做，又是调整着淡绿色衣服料子的褶皱，又是将腰带系得更紧一些，然后失望地摇头。显然是他把尖头鞋穿错了脚——这与旁边的刺绣图案有关，他尽力地想研究——但即使换了它们，他也看不出任何区别。尽管如此，仆人们还是宣布他准备好了……

水晶门：天空之国

当伊拉克什在海藻林一般的树冠上投下巨大阴影时，维克注意到了一阵骚动。下方的人们四处走动，沿着柔软的树叶和树枝奔跑。他们似乎背着一个巨大而弯曲的东西。紧接着，十几个长相古怪的男人在柔韧的树叶上弹跳起来，往上一跃，就像是踩着游泳池里的跳水板一样。他们背上的黑东西不是包裹，而是长满棕毛的大翅膀！像巨大的秃鹰一样，他们拍打着翅膀飞上了天空。

格温冲到阳台上。"泰兹，你看到了吗？你看到下面的人了吗？"

"那一定是艾格洛尔人。他们让我想起了野蛮天使。"他看了一眼他的堂姐，又忍不住多看了两眼。"哇。你怎么了？"

"只是换了身行头。"她说着，当面表演了一个单脚转身。她的头上披着漂亮的丝巾，是与她的眼睛一样的紫罗兰色。金色的手镯悬挂在她的袖子、手腕和腰间。

"你看起来像《一千零一夜》里的公主。甚至比你在化装之夜穿的《我梦中的珍妮》的衣服还要好看。"

"你敢对肚皮舞有任何意见吗？"格温说。他知道她一直想尝试一下。他和他的父亲经常和格温一起去一家摩洛哥餐厅，坐在地板的垫子上，用手抓着吃异国美食，观看精彩的肚皮舞表演。格温捅了捅他的肩膀。"你看起来像阿里巴巴。"

他嗤之以鼻，抬起下巴。"不，阿里巴巴是个小偷。这套衣服在我身上则是权威的象征，我可是像个王子。"

数以百计的艾格洛尔人从他们的森林城市飞了过来，绕着伊拉克什崎岖多岩石的腹地，在天空中盘旋翱翔。他们的翼幅非常宽。所有的艾格洛尔人都赤膊上阵，露出发达的肌肉，腰间都带

第九章

着棍棒和刀剑。

"艾格洛尔人看上去确实是强悍的战士,"他说,"我希望他们是友非敌。"

"问题是,特罗达克斯又是什么样的呢?"格温说。

天空的上方传来响亮而尖锐的叫声,像是秃鹫的声音,但很快他便意识到这是艾格洛尔人在唱响某种神圣的战斗号角。他们拍打着沉重的羽翼,全都向宫殿俯冲而来。数以百计的艾格洛尔人像一群乌鸦一样,盘旋而下,落在阳台和屋顶上。一名赤膊上阵、胡须浓密的男子的身形比其他人更加高大,他的翼幅傲视群雄。仅从外表上,维克就猜测这位可能是他们的首领拉顿。

锣声四起。伊拉克什塔楼上的号角急速吹响。提亚雷特和莱珊德拉来到维克的房间,呼唤他和格温。"有人传唤我们去苏丹的议事大厅。谢里夫希望我们去那里参加外交会谈。"

维克最后瞥了一眼艾格洛尔人栖息的飘浮版蓝绿海藻林,接着抬头看向他的朋友们,一时呆住了。虽然他记不起提亚雷特除了兽皮以外的其他装束,但今天她围着一条深红色的围巾,围巾的一头塞在腰带里,于是围巾就成了她身上的一条薄裙。另一条系在她肩带上的围巾像超级英雄的薄纱披风一样在她身后飞扬。

莱珊德拉穿着与格温相似的服装,但颜色是浓郁的翠绿色,这轻薄的衣裙随着她的一举一动而飘逸翻飞。

"你,呃……"他清了清嗓子,再度开口,"你们看起来都很棒。"

莱珊德拉脸红了。"能请你护送我们到议事厅吗?"

"荣幸之至!"维克咧嘴一笑,"任何事情都阻止不了我履行这份职责。"

第十章

苏丹的议事厅和谢里夫记忆中的一样，没有改变。今天苏丹要求他唯一的儿子站在他的右手边，挨着贾比尔。整个宫殿里唯一的武器就是苏丹厚重的礼仪弧形剑。此刻，他正靠在宝座的椅背上。

望着殿里的朝臣和一干人等，谢里夫感到疲倦和担忧。早些时候，他曾试图私下向父亲说明情由。苏丹不仅不理会谢里夫所说的有关于力量之环、阿兹里克入侵世界的计划以及他需要协助伊兰蒂亚的事情，这位行将就木的老人还坚持服用比平时更高剂量的解毒剂以抑制体内的毒性。尽管这位统治者想要在与艾格洛尔人签署条约时显得精神矍铄，但他不断地摆弄塞在腰带上的珠宝长笛，这个小动作暴露了他的焦虑。哈希姆还活着的时候，苏丹经常为他的孩子们吹奏长笛。

谢里夫还感到不自在，他穿着由奶油色、紫色、红色和金色等各种颜色的上等绸缎制成的王室服饰，站在这里如同一件展示

第十章

品供人观赏。他的朋友们不在身侧,维克、格温、提亚雷特和莱珊德拉才刚刚气喘吁吁地进来,在宫殿的后面望着他。为了避免不必要的分神,皮里差点儿被赶出议事厅。但谢里夫态度坚决,他的父亲终于同意让这只精灵躲在王子的背后。

就在这时,议事厅的后方传来一阵骚动,六名艾格洛尔人进入了房间。他们双翼铺展,六人并排走近王座。谢里夫震惊地看到,其中那名身形最魁梧、气势最威严的艾格洛尔人在他贴身佩带的鞘中携带了一把短剑。周围的人群散开,艾格洛尔人大步走上楼梯来到台上。谢里夫眼角余光看到提亚雷特举起了他给她的"法杖",这预示她准备在必要时出手保护她的朋友们。自他记事以来,他的子民从未信任过艾格洛尔人,所以他并不反对为最坏的情况做好准备。他很欣慰地明白如果陷入困难,他的朋友们一直在他身边。

这名气势最盛的艾格洛尔人上前一步,随着他转头示意,其余五人就坐在了台阶上。"我是拉顿国王,是所有艾格洛尔人的代表。"他说,"你们会用什么来表达你们结盟的诚意?"

苏丹礼节性地向拉顿点了点头,示意两名魁梧的守卫将一个箱子抬着上前,放在这位展开双翼的国王面前。拉顿打开箱子,里面是晃眼的金子和闪亮的宝石。

"我,拉顿国王,代表艾格洛尔人,接受你的盟约。"这个艾格洛尔人大声说,声音尖锐高亢,响彻整个房间。

这声音让谢里夫神经紧张,但他强迫自己放松下来,表现出友好。在苏丹被毒害之前,盟约的条款双方就已经磋商一致。

拉顿从自己的翅膀上拔下一根棕色的羽毛。"以诚相待,我将此宝物作为交换。"

水晶门：天空之国

艾格洛尔人的首领向苏丹低头，将羽毛插在苏丹头巾上的饰针上，两人以谢里夫听不到的低语交谈。几分钟后，贾比尔不情愿地拿出一份文件，拉顿与苏丹分别在文件上盖下印章。然后苏丹从他的宝座上站起来，与艾格洛尔王握手，随后，两人将手举过头顶。

"我的子民们，我们再也不用畏惧艾格洛尔人。现在，他们成为了我们的朋友。我们将会在危难之际守望相助。"

拉顿国王志得意满地点点头，松开了苏丹的手，示意他的部下跟上，随后，拉顿国王走下台阶，展开双翼，从房间里掠过。

苏丹带着自信的眼神望向谢里夫。"你看到了吗，我的儿子？盟约就这样缔结了。"

☙❧

上午剩下的时间里，农民和贵族被允许沿着紫色和金色的地毯走向议事厅中央的宝座，向苏丹当面陈述自己的请求，苏丹在与贾比尔和谢里夫商议之后做出充满智慧又带着人情味的判决。虽然王子更愿意留在伊兰蒂亚对付阿兹里克、巴拉克和梅隆人，但他依然忍不住为一个橄榄商贩的困境动容。因为邻近的红酒摊位爆发的一场争斗，他的整个货摊都被摧毁了。维齐尔建议让每个被捕的斗殴者都参与店铺重建，并且承担重建的费用。谢里夫提出在橄榄商贩的营业恢复正常之前由酒商承担他的家庭开支，并且在那之前，两人共用酒商的摊位。

最后，苏丹同时采纳了他俩的建议，并对这群斗殴者下了禁酒令，直到他们的工作完成才能解除。求助的男男女女对苏丹的英明决策感激涕零，谢里夫被他们脸上的惊愕逗乐了，脑海里闪

第十章

过皮里的声音，说着，建造师们快点。快点完成。

王子自顾自地点点头。他的父亲确实想出了个好点子，一方面确保这群打架斗殴的人不会再犯，一方面又巧妙地激励他们快速完成工作。接下来，一位贵族上前，他提出的诉求让谢里夫厌恶，他请求苏丹将一个寡妇织工的小女儿判给他，以偿还寡妇的已故丈夫欠下的债务。

"您不能同意，"谢里夫对他父亲低声说，"这太野蛮了。"他能感觉到格温在房间的后面盯着他，仿佛在指责他的子民是奴隶贩子。

然而，贾比尔微微一笑。"陛下，以您的英明神武，将判决内容进一步细化，或许能抚平王子的反对情绪。"

苏丹满意地点点头。他与他的维齐尔彼此了解至深。他将那双严肃而苍老的眼睛转向面前提出申诉的贵族、涉案的织布工和她的女儿。接下来他说的话让谢里夫倒吸了一口凉气。"伊克巴尔勋爵，你的诉求不会被忽视。作为债务抵偿，我在此不仅将织布工女儿艾妮判给你，同时，将织布工一并赐予你。"

谢里夫为这种不公气得脸都红了，但皮里温柔地说，等等，听听详情。

"作为伊拉克什两位瑰宝的监护人，"苏丹继续说，"你要为她们提供食物、衣物与庇护，满足她们最细枝末节的需求。"他抬手制止了正要出言反对的贵族。"直到你为她俩找到能照顾她们、让她们幸福安乐一生的丈夫。在那之前，你绝不能染指她们中的任何一人。除非你能证明自己赢得了她的爱。

"如果你为她们中的任意一个寻得了良配，带着这对夫妇来见我。我会赐予我的祝福，你对她的养护责任才算解除。但如果

· 067 ·

水晶门：天空之国

在你的监护期内，我听说她们受到了任何伤害，你的一半财产将收归国库，用于养育伊拉克什最需要照顾的寡妇和孤儿。"苏丹总结陈词的时候，谢里夫愉快地看到伊克巴尔勋爵的脸色煞白，一丝血色都没有。"你必须向我保证，艾妮和她的母亲会过得很好，每个月她们都要来这里向我的民众述说你的善行。"

"我——我感激地接受您的安排，尊贵的陛下。"伊克巴尔勋爵结结巴巴地说。他伸手将跪在地上的寡妇扶起来，但想起苏丹的吩咐，又迅速将手收回。寡妇站起身来，向苏丹鞠躬致谢。随后她和艾妮昂首挺胸地带着沮丧的贵族离开了议事厅。

看到贪婪的贵族偷鸡不成蚀把米，谢里夫真希望自己可以放声大笑，但他尽力地克制住了，憋得一滴欢乐的泪珠从他的眼角滑下他的脸颊。在议事厅的后面，当寡妇和她的女儿从维克和格温身边经过时，他看到他俩高兴得几乎手舞足蹈。

相信父亲，皮里在谢里夫的意识里轻声说，*智慧的君主，爱惜子民。*

第十一章

    那天之后，苏丹指派贾比尔带着阿里王子乘坐深红色刺绣飞毯与人民相见。当谢里夫邀请朋友们一起去时，他的父亲和维齐尔都没有反对，所以格温又一次坐上了舒适的飞毯。苏丹的飞毯比谢里夫的要大得多，有足够的空间容纳六个成年人，且飞行的速度丝毫没受影响。皮里对外出感到很高兴，在谢里夫的头顶晃来晃去，偶尔会这边飞一下那边飞一下，以便更好地欣赏下面的城市美景。

    "这次出行的目的，"贾比尔解释说，"是鼓舞人心。最近经历了特罗达克斯的劫掠，伊拉克什有些人心惶惶。"尽管人们还不知道他们即将失去他们的苏丹，这位严厉又仁慈的统治者希望让他的子民重新熟悉阿里王子。

    为了彰显此次飞行的庆祝性质，谢里夫身着红色锦缎背心和裤子，饰有金色丝绸腰带和头巾。他的双臂赤裸着，露出梅隆人不久前留下的疤痕。贾比尔给了维克一只银色风筝，让他在飞毯

水晶门：天空之国

的后面放飞。风筝的外形像一只猛禽，尾巴上悬挂着五彩半透明的飘带。格温、提亚雷特和莱珊德拉每个人都拿着一串绑在棍上的细长闪亮丝带。在他们的挥舞下，丝带在飞毯后面翻飞。

"天哪，"维克对格温说，"你看起来就像一个高中啦啦队队长，手里拿着一个变异的绒球，在你没注意的时候绒球就突然长了二十英尺。"

格温用空着的手打了一下维克的胳膊。"我更愿意把它想象成一根附在彩虹上的魔杖，"说着，她挥舞棍子，在空中写了一个"8"字，看着明亮的布条像艺术体操的丝带一样旋转和飘动。"承认吧，泰兹——你是在嫉妒我。"

"不，我对我拿到的东西很满意。"维克一边说，一边拉扯风筝线，让风筝上的飘带像正弦波似的飞舞。

提亚雷特将丝带系在法杖上，高高举起，让丝带像凯旋的旗帜一样飘在飞毯上方，而莱珊德拉似乎很满足于看着她的丝带在微风中飘荡。贾比尔驾驶飞毯，降低高度向下面街道上聚集的人群飞去。他发出哨声，片刻之后，一群色彩鲜艳的信蛾仪仗队从他们身边飞过。

阿里·谢里夫王子和贾比尔一起坐在飞毯的前端，向人们挥手致意，人们也欢呼着挥手回应。贾比尔和谢里夫之间放着一口宽大的铜锅。"你现在可以开始了，王子。"

谢里夫把手伸进锅里，掏出一把东西，扔向人群。孩子们雀跃着，争先恐后地接住。"是糖果。"当格温问他扔的是什么东西时，谢里夫回答。

格温说："这就像我们过去在家乡参加的七月四日国庆游行一样。"

第十一章

"没错,"维克说,"除了没有真正的巫师和王子,没有飞毯和空中城市,想想看,其他的都一模一样。"

维齐尔念了一句咒语,突然每只信蛾身上都出现了一个装满花瓣的网袋。随着信蛾的飞舞,微风吹过袋子的网眼,花瓣飘散开来,落到下面的人群中。皮里不甘示弱,在谢里夫的头上飞旋,释放出一场货真价实的闪光烟火表演,格温发誓她以前从未见识过如此炫目的烟火秀。

随着飞毯的前行,下方的街道上聚集了更多的人。谢里夫向等待的孩子们扔了更多的糖果。这场游行就这样持续了近一个小时——彩带翻飞,花瓣飘落,谢里夫挥撒糖果,贾比尔驾驶飞毯,根据实际需要随时用咒语补充着糖果或花瓣。

格温对下方的城市感到很好奇。对她来说,这里就是迪士尼、梦幻岛和《一千零一夜》合而为一的世界,但她的堂弟却不像她这样沉迷于这些。维克重重地叹了口气,莱珊德拉倾身过去问他:"怎么了,维克斯?"

维克耸了耸肩。"我只是在想我的父亲和母亲,不知道父亲和葵母或者大圣者卢比卡斯是不是已经想到办法让母亲苏醒过来了。我们才把母亲找回来,却又不得不离开。"

"我们来到伊拉克什有多重任务,"提亚雷特提醒他,"我们需要想办法拯救你的母亲,也需要为谢里夫和整个伊兰蒂亚寻求帮助。"

"我知道,"维克说,"我只是想见他们了,仅此而已。"

格温知道他的意思。她也希望见到叔叔和婶婶,也想要回到卢比卡斯的实验室,了解伊兰蒂亚的近况。她眨了眨眼,试图想象这些场景。"很奇怪,但既然你提到了,我觉得我几乎可以看

水晶门：天空之国

到他们就在我们面前，就在前方的虚空中。"这很奇怪。这个虚影对她来说是如此真实，它还没有完全显现，她的朋友们就纷纷发出惊喘。

"你是说这个？"维克指着谢里夫和贾比尔后方说，那里出现了半透明的影像，显示出皮尔斯博士弯腰抱着他被冰封的妻子所在的水箱，但没有声音。

维齐尔回头看了一眼，点了点头。"你们谁打开了通道？"

"是这样，维克希望他能见到他的父母，我也希望能见到他们，突然他们的影像就出现了。"格温说。

谢里夫回头看了看影像之窗，再次转身向人群挥手。"维克斯已经证明，他可以为以前没有门的世界创造门。我相信你打开了窗户，格温雅。"

"你以前打开过一扇窗户，"莱珊德拉沉思道，"在大圣者卢比卡斯实验室的阁楼顶。"

"但那是水晶和咒语的作用。我不知道自己在做什么，"格温说，"我现在还是不明白是怎么回事。"

维齐尔说："是的。但是你应该很快就能学会如何控制你的新能力。我相信在力量之环成功锻造之前，你们谁都没有办法获得全部的力量。你们姐弟俩之前打开的窗户和门只是你们在特定的魔法环境下激活了潜在的能力。我甚至怀疑那时就算你有意尝试，也未必能重现结果。"

"现在还能再来一次吗？"维克问格温，"关上窗户，再打开。并让这些影像有声音。"

莱珊德拉惊讶地看着他："你听不到你父亲的声音吗？"维克摇了摇头。

第十一章

"我也没有听到。"提亚雷特说。格温可以看到卡普叔叔的嘴唇在动,但她听不清他在说什么。

"皮尔斯圣者告诉他的妻子他很爱她。他会继续在思学馆中搜索有关冰珊瑚咒语的信息。他向她保证,除非研究需要,他会一直守在她的身边,直至她的苏醒。"

谢里夫没有转身看他们,说:"莱珊德拉能听到我们听不到的声音。那是她的另一个能力么?"

"我相信是这样的。"维齐尔回答,"她是一个窗口听众。"

看到叔叔把头埋在手掌中开始哭泣,格温迅速关上了窗户。她打开了另一扇窗户,这扇窗户是关于卢比卡斯圣者的,他正在椅子上打瞌睡,趴在盾牌咒语的草稿上。谢里夫继续履行问候民众的职责。维克要求格温打开另一扇窗户,想要看看他在加利福尼亚州斯蒂芬霍金高中的朋友乔丹。她照做了,却发现他走出了自助餐厅,正要走进男厕所。她迅速关上了那扇窗户。这些窗户可能非常具有窥探性质!

"乔丹更高了,"维克说,"你不觉得他长高了吗?"

"可以看看我的父母么?"莱珊德拉问。格温打开了格罗克萨斯和凯莎的窗口。两人站在家里的厨房里,双手紧紧环抱在一起,在彼此耳边轻声细语。莱珊德拉张大了嘴巴,脸飞速红透了。"把它关上。"她说,把手捂在耳朵上。

"也许你们这项能力最好只在紧急情况下使用。"提亚雷特向格温和莱珊德拉建议。

"你说得对,"莱珊德拉说,"这么强大的技能可不能随便乱用。"

"至少我们现在知道我们的能力是什么了。"格温说,松了口气。

谢里夫再次向人群扔了一把糖果。"只有我的还未知。"

第十二章

　　伊拉克什一路飞行,风暴云团在夜空中聚集。厚重的黑暗云团挡住了星星,填满了夜空,甚至遮住了月亮。月光无法穿透云层,只留下银色的光线,勾勒出蓬松雷云的扇形边缘。一线银光……谢里夫试图从中振作起来。但皮里从宴会上带出的坏消息让他心情沉重。

　　宴会前,苏丹又吃了一剂解毒剂,好让他在觥筹交错中保持正常状态。虽然宫廷的随从仆人、其余的贵族和一般的维齐尔都没看出他有任何不妥,但谢里夫还是注意到了老人颤抖的手和灰败的皮肤。尽管忧心忡忡,谢里夫还是强迫自己正常用餐。接下来皮里的话让他措手不及,她用简短的话语解释了即将发生的事情。他已经失去了这么多……今晚他将失去生命中另一个非常重要的存在。

　　现在他宽敞的卧室仿佛突显着他的孤独感。在透明的蛋球内,皮里盘旋在他的面前。他看到外形如同小娃娃一样的皮里把

第十二章

手放在弯曲的球壁上,好像想要挣脱出来。她漂亮的小脑袋上长发飘飞,如同蛋球里充满了静电。蛋球颜色不停转换,但始终会变回表示爱的深紫色。

太伤心。她摆摆手,看着他。**不要这样**。

"我可以接受即将到来的事情,皮里,"他说,"但这并不意味着我能开开心心地面对。我甚至有点害怕。正如大家常说的'失去后的悲伤能衡量一个人拥有的事物'。而我拥有的太多了,皮里。"

格温、维克、提亚雷特和莱珊德拉站在他的卧室门口,呼唤他。

"现在方便么?"格温问。

"你说要教我们玩球赛。"维克说,"但我猜你只是想聊聊。"

谢里夫深吸一口气振作精神,然后转身面对他的朋友。"不,我不是想要聊天也不是想要玩游戏,维克斯。我只是需要你们陪在我身边。"

格温走进房间,她的表情悲伤而关切。皮里在谢里夫的肩膀附近盘旋,有了精灵的陪伴,他得到了极大的安慰。现在有了他的四位朋友和皮里,他的新卧室感觉不再空荡。这个房间的配置与他父亲的豪华寝宫几乎不相上下,似乎太过奢侈了——面积巨大,繁多的五彩织物挂饰,成堆的华丽艺术品。墙壁装饰着复杂马赛克。他床上的被褥刺绣绮丽、织工精巧,一件赛一件的精致华美。头顶的拱形天花板,贴着花纹的金边瓷砖,似乎可以吞没一切声音。他觉得自己可能会迷失在这个奢靡的房间里。

小时候,这样的住所在他看来也很普通,这是他作为苏丹的次子应得的待遇。但去年他一直住在伊兰蒂亚的学生宿舍里,平

· 075 ·

水晶门：天空之国

时也是在一个相当小的房间里和卢比卡斯圣者一起工作。他已经忘却了铺张的生活。房间的大小对于他来说已经不再是富有或权威的象征，而是肩负责任的大小的映射。

原本皮里在房间里飞来飞去，带着她的蛋球一直升到高高的天花板上，像个小太阳一样洒下光亮。然而现在她变得有些肃穆沉寂。他知道自己应该为小精灵感到高兴，但看到她受到自己的不安情绪影响，他暗暗松了口气。

格温和维克走到阳台上，抬头看向背光的云彩。

不过提亚雷特注意到了王子的担忧。"你看起来很不安，谢里夫。有什么不好的事情要发生吗？"

莱珊德拉深蓝色的大眼睛里充满了担忧。"我很疑惑，但我昨晚做了一个令人不安的梦。在一个更早的梦中，我看到了阿兹里克，高高地站在云端。跟现在似乎有点像……只是有些细微的差别。"

在谢里夫鼓起勇气答话之前，格温向上指了指。"这看起来像是雷暴。我想我看到了闪电。"

"那不是闪电，"谢里夫说，然后用力咽了咽口水，"是空气之灵。是精灵。"

他们全都聚集在阳台上，冷风吹在脸上。谢里夫深吸一口气，嗅到了潮湿的味道。云彩中闪烁着光芒，就像莱珊德拉的父亲在伊兰蒂亚创造的天空烟火。皮里在空中摆动闪烁，发出更明亮的光芒。谢里夫觉得她可能是在向天空发出信号。

谢里夫专注于讲述故事，谈论枯燥的事实和历史减轻了他喉咙的不适。"精灵是曾经帮助过伊拉克什的强大存在。成年精灵成为空气之灵，生活在云端。它们可以将自己的幻象放大到足以

第十二章

吓到任何人的程度。虽然我明白它们是我们的朋友,但我也觉得它们很吓人。"

"我以为精灵都住在瓶子或灯里,"维克说,"我读过的所有故事都是这样写的。"

"这不是故事,泰兹。"格温说,给了他"有点儿眼色"的眼神,"这是真实的。"

"没错。"他带着一丝讽刺说,"来吧,博士。我们现在在一座巨大的飞行城市里,还在苏丹宫殿的阳台上眺望云层中的空气之灵。还有,我们乘坐飞毯到达了这里。嗐,我们现在需要一些计算机图标或哈里豪森射线来添加一些特效。"

谢里夫继续前行,但他的目光一直飘向皮里。"精灵拥有强大的魔法,是一种生命能量。它们可以用魔法来创造大多数人以为的奇迹。野心勃勃和渴求权力的人想方设法诱捕空气之灵,奴役并强迫它们服从自己的命令。但是空气之灵既聪明又强大,很多时候,当有人想要这样做的时候,被俘虏的空气之灵就会扭曲命令,让那人希望落空。

"自私自利之人通常只能从空气之灵那里求得三个愿望。之后,空气之灵就可以摆脱束缚,重获自由了。"

"看?精灵、瓶子和三个愿望,"维克说,"就和故事里一样。"

"很久很久以前,阿兹里克这个强大的黑暗圣者第一次来到这个世界时,就囚禁了几个空气之灵。空气之灵每为人实现一个愿望就会消耗一部分生命力。阿兹里克用他的愿望造成了巨大的破坏,并运用了黑魔法让大部分土地干涸,生命枯萎。数百万人和精灵因此死去。伊拉克什本来也会湮灭在这场浩劫之中,但我

· 077 ·

水晶门：天空之国

们的众多子民牺牲了自己，解救了空气之灵，挫败了阿兹里克的计划。作为回报，空气之灵成为了我们的盟友。它们运用自己的力量帮助我们的维齐尔将伊拉克什从地面拔起，使之不受干涸大地的影响，永远地飞行。从那时起，伊拉克什的子民就发誓永远不会向空气之灵提出要求或愿望。这就是它们继续帮助我们、继续信任我们的原因。"他伸出手，张开五指，皮里飞近他身边，让他抚摸自己的蛋球。

"精彩绝伦的故事。"提亚雷特喃喃道。

"那你为什么有一个精灵？"格温问，"你从来没有告诉我们你是如何得到皮里的。"

"在阿兹里克伪装变身谋杀了我的哥哥哈希姆之后，我对空气之灵心生怨怼。它们的魔法本可以探查出黑暗圣者的下落，但它们却没有那样做。它们本可以给我们警示，让我们保护哈希姆免受阿兹里克的伤害。空气之灵对于我们遭受的伤害感到十分内疚，曾试图安抚我的家人。但那时的我什么都听不进去，我选择了背弃空气之灵，发誓不再帮助或依赖它们。

"空气之灵成长缓慢，且数量稀少。当我父亲将皮里带到我的面前时，我丝毫没有意识到这是空气之灵一族出于信任而给予我的殊荣，因为皮里是近百年来空气之灵一族的唯一后裔。我自负地把皮里当作一个有价值的小玩意儿，并自我地认为这是我应得的。但我其实很关心她，很快我们成为了亲密的朋友。我现在明白了，空气之灵本是希望通过皮里的陪伴抚慰我受伤的心灵，并与我的家族再次建立亲密联系。实际上，我是不配拥有皮里的。"

云层之中的光芒越来越亮，一道道闪电如熔金一般，从膨胀的积云中溢出。云层的形状不断改变。皮里全身发出黄色的光

第十二章

芒，高高地盘旋在谢里夫的头顶。这位伊拉克什未来的首领声音沙哑地说："通常，精灵长大需要几十年，甚至一个世纪。我本以为皮里会陪伴我一生。但是奥菲恩将她扔进熔岩裂缝，那里的力量改变了她，加速了她的成长。所有人都没有预料到皮里成熟得如此之快。今晚她就会脱壳，成为自由的空气之灵。"

他的声音哽咽："今晚她就会离开我。"

皮里俯身进入她的蛋球。*必须离开。*

谢里夫转向格温，努力保持镇定，试图让自己说话的声音平稳，但泪水灼痛了他的眼睛。"今晚她就会加入其他空气之灵。皮里还很年轻，一旦她脱壳，她将变得非常容易被捕获。我不能让她处于危险之中。只有其他空气之灵才有可能保护她。"

心中情绪翻涌，谢里夫一时说不出话来。这看起来多么不公平，他什么都还没有准备好。他的父亲不仅让他远离了伊兰蒂亚的学生生活，还改变了他的未来，施加给他重担，而变化还不止这些。他的父亲行将就木，谢里夫对此却无能为力。更可悲的是，谢里夫即将成为苏丹，这比他预期的要早得多；而且最重要的是，他将不得不在没有皮里陪伴的情况下担起这份重任。成长之痛来得太过汹涌，太过突然。

膨胀的云朵离得更近了。电光一闪，众多脸庞、一群巨大的身影开始显现。一个英俊而严肃的秃头男子，有着尖尖的胡须，长而卷曲的眉毛。还有一个美丽的女人，她浓密的头发扎成一个发髻，笑容真诚，眼神明亮。她精致的五官让谢里夫想起了皮里的小脸，现在他可以想见自己的小精灵长大之后的模样。

谢里夫听到了伊拉克什很多阳台和塔楼上传来的呼喊和喧闹。很多人都注意到了那些奇怪的面容。即使在伊拉克什，空气

水晶门：天空之国

之灵也很少见，当有小精灵回归空气之灵一族时，这应该是值得庆祝的事情。但是苏丹病得太重了，谢里夫现在的情绪又太低落。他难以忍受在这么多欢呼中与自己心爱的皮里告别。他希望他可以私下完成送别，在他最亲密的朋友的陪伴下。

皮里似乎变大了，她的蛋球不断扩大，并渐渐变模糊。空中的人脸越来越近，一道道闪电划过云层。"皮里，我们的女儿。我们是来接你的。现在和我们回去，完成你的使命。"巨大的男性脸庞发出比雷霆还要响亮的声音。

"孩子，我们会带你回家，一起飞向天空。"母亲说。

在云层中的面孔后面出现了许多类人的头颅，空气之灵在闪光中合唱。谢里夫举起双手。格温和维克倒吸一口凉气。提亚雷特瞪大了眼睛，显然被空气之灵释放出的巨大力量所折服。

莱珊德拉睁大的眼睛里满含泪水。"这就是我在梦中看到的情形。"

"去吧，皮里。要安全，要坚强。"谢里夫几乎说不出整句。

皮里的外壳完全淌散了，这个玩偶一般的小精灵变大了，同时也变得透明起来。获得自由，她高高飞起，划过天空，绕着伊拉克什的高塔盘旋，来到主宫殿的蓝宝石圆顶上，又去到最高的尖塔顶端。皮里对自己可以随意自由地飞翔感到异常兴奋。谢里夫眼角的泪水滴落，但他为皮里感到高兴，他知道自由才是她的归宿。

许多空气之灵靠近皮里，欢迎她。这么多空气之灵出现在眼前让谢里夫有些不自在。兄长哈希姆死后，他就对这些令人敬畏的存在充满怨恨。他说过难听的话语，背弃了他们。然而现在，他知道自己错了。空气之灵们该做什么，并不由他决定。

第十二章

维克激动地挥手。"等等！嘿，空气之灵，我们有一个请求。我们需要您的帮助。我母亲被冰珊瑚冻住了。阿兹里克抓住了她。"

格温跟着维克喊："是的，你们也和阿兹里克有仇，是吗？"

云层中那些闪烁着光芒、高耸的面孔齐齐皱眉。"伊拉克什人不会对空气之灵许愿。"那似乎是皮里的父亲在说话。

"我们来自伊兰蒂亚，不是伊拉克什人，"维克声嘶力竭地说，"我们可以。"

谢里夫把手搭在维克的肩膀上。"我们不是想奴役你们，"谢里夫对空气之灵说，"皮里会告诉你我们的为人以及我们的遭遇。她知道阿兹里克是多大的威胁。听听她的话吧，我们希望在这场伟大的斗争中获得你们的帮助。"

皮里俯冲而下，飞到他面前。她是那么美丽，纤细而虚幻，闪烁着光芒和力量。他的心疼痛非常。多年来，他漫不经心地将她视为宠物或财产，但在被梅隆人囚禁、与皮里分离的那段时间里，他才明白他们有多亲密，他才学会珍惜。

现在出发，她说，*见家人*。然后她笑了，头发拂过脸庞。*将返回*。她向后看了一眼，接着滑进了云层。空气之灵围着她欢聚一堂。巨大的脸转向伊拉克什。谢里夫全神贯注，知道伊拉克什一半的子民也在敬畏地看着这景象。

"我们会去了解阿兹里克的诡计，也会慎重地考虑你的提议。"男声说。

接下来，就像风暴消散一般，空气之灵带着皮里消失在翻滚的云层中。谢里夫继续注视云层，想再多看一眼他的朋友，但她已经不见了。此时此刻，他身负重任，内心空荡。

第十三章

黎明前,格温还沉浸在梦中,正通过打开的水晶窗看看她在地球上的朋友。然而维齐尔把她唤醒。"格温小姐,"他低声说,"王子召唤您。"

她的眼睛猛地睁开,空中之城的天空还是黑的,她瞬间警觉起来。"怎么了?他受伤了吗?"她下意识地像维齐尔一样压低声音。轻轻地掀开云雾般柔软的丝绸被子。

"没有,"贾比尔说,"只是需要一位朋友的陪伴。国王的情况恶化了。"他转身退出房间。"我在走廊等您。"

格温也失去了双亲,她非常明白谢里夫现在需要她的支持。她迅速穿上了一条轻薄的马裤,将一件飘逸的薄纱罩衫套在她睡觉时穿的类似短裙的衣服上。她小心翼翼地不吵到维克和莱珊德拉,他们的床只是用了轻巧的丝绸窗帘隔开。格温赤脚走到房间的门口,看到提亚雷特站在那里,手里拿着法杖。

"我听到维齐尔进来的声音就睡不着了,"提亚雷特对格温解

第十三章

释道,"我留在这里,以防万一。"头顶上,缓缓摇动的风扇搅动着房间里温暖的空气。"我没有探查到危险。"

格温知道她的朋友没有从清晨维齐尔的造访中觉察出异样,便放下心来。她跟着维齐尔走过几条微风习习的小道来到苏丹的房间。房间里,在华丽的帷幔后面,谢里夫坐在他父亲的床边,脸上写满了担忧。一位老妇人将一块布浸入一盆水中,拧干,敷在苏丹的额头上。

苏丹吃力地呼吸着。油灯的柔光照亮了房间,照得他皮肤上的汗水亮晶晶的。当谢里夫抬头看到格温时,他橄榄色的眼睛里充满着欢迎和感激之情。他指了指父亲手里拿着的东西,是她多次看到过的系在苏丹腰带上的镶有宝石的长笛。"他一直抓着不放。"谢里夫轻声说,"长笛似乎莫名能给他一丝安慰,尽管他早就没有了吹奏它的力气。"

说到这里,苏丹微微醒了过来,摆动了一下这支精美的笛子,指了指站在他们身后的贾比尔。

"听您的吩咐,陛下。"维齐尔从苏丹床边精致的大理石桌上拿起一个小瓶,将几滴药水倒在了这位统治者的嘴唇上。"药剂剩得不多了。特罗达克斯在一次突袭中摧毁了我制作下一批解毒剂的原料。这里还有三剂,顶多是四剂——最多也只能维持几个星期了。"贾比尔叹了口气,"你的父亲现在刻意拖长了服用药剂的间隔时间。有两次他差点儿没有撑过去,因为他想要抓紧每分每秒管理好这个国家。"

药剂的效果立竿见影,将这个垂死的老人暂时从死亡边缘拉了回来。苏丹的脸上开始有了血色。他的眼睛颤抖着睁开,慢慢聚焦在谢里夫和贾比尔身上。

水晶门：天空之国

"谢谢你，我的朋友，"苏丹对维齐尔说，"我明白，即使是你这样强大的巫师，应对这种毒药的能力也是有限的。"他的目光落在谢里夫身上。"你接管伊拉克什的时间可能比预期的要早，我的儿子。你还有很多东西要学。如果哈希姆还在这儿就好了。他总是知道如何让我安心。"他悲伤地摇摇头，"你身负重任，我的儿子，但现在我必须和我的维齐尔单独谈谈。"

苏丹谈到他被谋杀的儿子时，格温注意到了谢里夫脸上的痛苦。她和谢里夫穿过五彩的布帘来到前厅，格温轻轻咬了咬唇，问出了一个困扰她几天的问题。"你确定可以信任他吗？我的意思是，贾比尔确实看起来没什么地方值得我怀疑和警惕的，但你说过几年前阿兹里克就曾伪装自己并设法骗取了你父亲的信任。你怎么确定贾比尔值得信赖呢？"

"在过去的几年里，他已经充分地证明自己了。贾比尔从未对财富或者是权力上心。这位大维齐尔所得的金钱大多都用于为城市较贫困地区的孤儿提供住房和教育，并尽力保障无人死于饥饿，确保大家都有可以维生的营生。"谢里夫的神情显示他是真心钦佩这位维齐尔，"贾比尔不希望伊拉克什的苏丹误会城市的所有人都富足安康而减少民生的开支。我也是这样想的。为了子民的幸福安康，要做的事情还很多。就像智者所说：仁者能看见人们被忽视的需要。"

说出这样一番话似乎已经耗尽他的精力，谢里夫再也无法维持镇定，他靠向格温寻求支持。格温知道通常在这种不安的时候，王子会向皮里寻求慰藉，但现在即使是这样的安慰也从他身边被夺走了。他把脸贴在她的肩膀上，喃喃道："我是王子，所以大家都希望我睿智成熟、自信满满，清楚自己该做什么。但我

第十三章

还没有准备好成为一个统治者。我的智慧根本比不上贾比尔,而我父亲渴望的继承人也是我的哥哥。多年来,我一直知道我父亲其实更希望死去的是我而不是哈希姆,这让我很沮丧。失去哈希姆,我和他一样悲痛——尽管他没有意识到这一点。他对我的轻视让一切变得更加艰难。现在我不知道该怎么承受失去他。"

谢里夫的声音因痛苦而哽咽,格温却想不出安慰他的话语。回想起她自己的父母去世时,任何人说的一切都无法减轻她的伤痛。曾经的痛苦让她的喉咙发紧。回忆里每一次低声安慰,"他们的记忆永远与你同在啊""你的父母会永远活在你的心里"或者"时间会治愈伤口",都再次撕裂了她生疼的伤口。

"我的父母都去世了。"格温低声说。这话听起来很糟糕,但她想让谢里夫知道她理解他现在的痛苦和困惑。她不想用轻飘飘的虚假安慰来敷衍她的朋友,她可以在这里陪伴他,倾听他的苦痛。格温伸出手臂抱住了谢里夫。

片刻后,贾比尔走进前厅说:"陛下已经精疲力竭,即使服用了药剂,也还需要几个小时的睡眠来恢复体力。"维齐尔回了自己的房间,留下谢里夫和格温单独相处。

"我该怎么办?"谢里夫靠在她的肩膀上低声说,"先是哈希姆,再是皮里,现在是我的父亲。如果我连这些都不能面对,我的子民如何能信任我,放心我成为伊拉克什的领袖?"

"我不知道。"格温很心疼,"没有什么能让你坦然接受父母的逝去,谢里夫。没有什么能完全填满他们的死留在你心中的孤独空缺。"多年来,她一直将自己的心伤隐藏在坚强的外表下,没有表现出自己的情绪,也没有真正意义上地与任何人述说她的悲伤,连卡普叔叔和维克都没有过。但现在,在苏丹寝宫的前

水晶门：天空之国

厅，她再次回想起这些感受，突然之间泪水在她的脸上泛滥，如同大坝决堤。她的身体因为前所未有的巨大痛苦而颤抖。格温失去父母的痛苦在这一刻完全释放。

现在，格温和谢里夫紧紧相拥，为逝去的亲人、消逝的童年痛哭。格温的泪水止不住，想着她父亲再也不能给她讲笑话，再也没有一家人的假期，她生命中的重要时刻再也没有父母的见证。随着她的哭泣，格温的悲伤开始减轻。渐渐地，当阳光从地平线上渗出时，一种平静从预言之子和苏丹之子的身上掠过。眼泪流干了，他们一起坐在靠窗座位的丝绸垫子上，双手相握，看着天边的日出。

"你知道，"格温打破沉默说，"你父亲依然活着。如果我能和父母度过最后的时光，我会尽我所能地向他们展示我有多爱他们。"

他闭上眼睛思考了片刻。"我一直怨恨为什么我不得不眼睁睁地看着我父亲死去，但现在看来，也许在这一点上我比你更幸运。"他睁开眼睛，"你是对的。我父亲还活着。我知道什么能让他精神振奋——一种他和哈希姆喜欢的蜂蜜和碎芝麻甜点，他们一直都认为只有那个特定的小贩做的最好。"他站起来，接着拉着格温也站了起来。

格温鼓励性地点点头。"那我们现在就去。叫上其他人一起。"

✿

伊拉克什的集市，或者称作露天市场，喧闹而拥挤。小街蜿蜒曲折，到处都是兜售商品的小贩。空气中弥漫着烘焙食品和烤

第十三章

肉的诱人香气。维克的目光简直无处安放，处处都能吸引他的注意：一条闪闪发光的银蛇随着耍蛇人那充满诱惑的曲调摇摆起舞，杂技演员为驻足的路人表演炫目的节目，一位画家在想要皮肤装饰的男人或女人身体上作画——维克猜想那可能类似于文身艺术家。一群杂耍艺人来回传递成熟的水果，街头艺人打着鼓，弹奏着弦乐器，而一个穿着马裤、戴着围巾的年轻女子边跳舞边拨弄指钹。

谢里夫牵着格温的手，领着他们穿过狭窄的鹅卵石街道，一心一意地想着为父亲买礼物。但这并不妨碍维克他们享受路边的新鲜事物。"这才是我喜欢的地方。"然而在他身边，莱珊德拉看起来很不安。"怎么了？"他问，"不喜欢这个音乐？"

"维克斯，我……我看见过这个地方。在梦中。"她说。

提亚雷特低头看着她娇小的朋友，在鹅卵石上敲了敲她的法杖。"你梦中的那些场景虽然总是意义不明，但一般都来者不善。我们大概需要靠近一些。可能随时会有危险。"

他们三人加快脚步追上谢里夫和格温，停在了一个有蓝黄色条纹遮阳篷的摊位前。摊位上的女人包好一个包裹，正递给谢里夫："我丈夫今天早上现做的，是整个伊拉克什最好的。"

谢里夫递给她一枚硬币，谢过她并接过包裹。"我们还有一个地方要去。"他说着，带领众人穿过一条狭窄的小巷，沿着另一条鹅卵石街道来到一家酒商的店铺。在他旁边，几个光着膀子的男人正在奋力搭建一个摊位，在维克看来这是整个露天市场最好的摊位之一。

"阿里王子，"酒商倒吸一口凉气，"承蒙您的大驾光临。"

"王子殿下，我能为您献上什么呢？"另一个男人出现在酒商

水晶门：天空之国

身旁，"橄榄？大枣？"

他激动地为这群学徒每人送上一份商品。维克他们很喜欢，谢里夫慷慨地为这些物品付了钱。商人给他们每人倒了一杯冰凉的泡沫啤酒，头顶突然传来一声响亮的尖叫，维克不小心弄掉了酒杯，摔在了鹅卵石上。他们抬头看到一大群长着翅膀的怪物聚集在城市上空。

"哦，哦，"维克说，"好像有一些侏罗纪公园的难民来了，而且看起来不太友好。"

特罗达克斯冲向拥挤的街道。

第十四章

怪兽一般的特罗达克斯开始攻击伊拉克什，提亚雷特觉得这是迄今为止她见过的最可怕的生物。在草原战争期间，她曾与沙地卫兵的坐骑尸鬣狗战斗过。她曾在云雾林下的石壁山麓亲手杀死一条体形庞大的吸血蛇。而最近，她与梅隆人及其凶猛的驯养生物进行了战斗。

然而，这些特罗达克斯与之前的猛兽都不一样。他们像恶魔一样有着长而坚韧的翅膀，翅膀的边缘呈锯齿状，尖端有锋利的角。他们的头部很长，以容纳狭窄而有力的下颚中的所有牙齿，头部还覆盖着严密的骨板，作为防护盔甲。这些生物的眼睛像黑曜石一样纯黑。他们的手臂肌肉发达，爪子似的手中握着锯齿一般的剑刃。除此之外，他们的尾巴又长又尖，也是进攻的利器。

在一个领头的带领下，特罗达克斯成群结队地飞行，展示了他们的组织性和智慧。他们龇牙咧嘴地用着无法辨识的语言尖叫，用武器敲打着带刺的手腕，发出咔咔的摩擦声。正是这种噪

水晶门：天空之国

声冲击着提亚雷特的听觉极限，她的骨头都在颤抖，生出了一种本能的恐惧。但她依然握紧法杖，双腿微微分开，好站得更稳，膝盖微弯，随时准备战斗。这些东西能被消灭，她只需要知道这一点。

成百上千的特罗达克斯俯冲下来，翅膀绷紧，拍打着前行，看起来像是天空中来了绿黑色的虫群。这让提亚雷特想起了草原上秃鹰围绕着肥胖尸体盘旋的场景。集市里的人群四散奔逃寻求庇护。一个小贩带着家人躲在一栋棕褐色石头房子低矮的门口，留下他们来不及收起来的陶器和彩绘瓷砖。

其中一只特罗达克斯飞向低空，用锯齿利剑劈开了一个小吃摊的翠绿色遮阳篷。男人跌跌撞撞地向后倒退，对着敌人大声咒骂。男人的火盆翻倒了，里面的五香肉串洒在地上。火焰烧到了破烂的遮阳篷，开始向上蔓延。

一群特罗达克斯俯冲而来，撕裂帐篷和遮阳布，依靠石塔搭建的木构架被撞得四分五裂，只剩下塔壁上挂着的几块残骸。

弓箭手从高高的窗户射出一连串的箭，四个傲慢的特罗达克斯尖叫着摔落下去。当这些有翅膀的怪物坠落地面时，有两个摔死了，其余两个受伤的怪物四处乱窜。愤怒的市民拿着棍棒跑上前一阵痛打，直到这些怪物在街上流血而死。暴怒的商人向他们上方的攻击者投掷石块和尖锐物体，但特罗达克斯似乎在嘲弄他们，拍打着翅膀，轻松躲避。现在伊拉克什的子民已经开始反击，特罗达克斯变得更加暴虐。

又有三个特罗达克斯飞了过来，仿佛是瞄准了提亚雷特和她的朋友们。一个特罗达克斯扑打着翅膀飞向谢里夫，谢里夫钻到了一张桌子底下，特罗达克斯砸碎了桌子，把闪闪发光的金属装

第十四章

饰物碎片弄得满街都是。维克举起一块光滑的石头,一些小贩曾经将其作为装饰品出售。他眯着眼睛,集中注意力投掷出去,正好穿过特罗达克斯头部盔甲,击中了他,模糊了他的视线。"哇——牛眼!"他叫道。

迷失方向的特罗达克斯头晕目眩,向下俯冲。看到怪物进入攻击范围,提亚雷特就用尽全力将法杖掷了出去。法杖的铁头砸中怪物的头部,把他砸晕了。怪物坠落地面,抽搐不止。提亚雷特没有犹豫,再次用法杖攻击,敲碎了怪物的头骨。

现在这群特罗达克斯飞行得更低,向着他们真正的目标聚集,他们翅膀的拍打声犹如空洞的鼓点。格温左右躲闪,维克将她扑倒在地,将将躲过怪物的攻击。这对堂姐弟使用他们在高强度训练中学到的技巧快速地闪避。提亚雷特挥舞着她的法杖,用力地刺穿了特罗达克斯厚厚的兽皮,刺入肋骨。受到重创,这只怪兽尖叫着飞了起来,痛苦地喘息着,他东摇西摆地在空中盘旋,血如雨下,最后倒在屋顶上一动不动。伊拉克什的弓箭手加足火力,射出了更多的箭,但却只能清除空中的一部分特罗达克斯。越来越多的有翼怪物不知从哪里扑了过来。

"这是我见过的最大规模的袭击,"谢里夫喊道,"特罗达克斯通常一次只会攻击几个毫无戒心的人,抢夺婴儿或牲畜,偷走他们能找到的任何物资,然后就飞走了。"

"这次不是小范围袭击。"提亚雷特说,"这是一场战争。"一个留着白色胡须、体形肥硕的灯笼商贩对着正在攻击的特罗达克斯挑衅叫喊。两个特罗达克斯选中了他作为目标,飞降下来。虽然他尽力躲避,但一个特罗达克斯抓住了商贩的肩膀,另一个扣住了他的脚踝。特罗达克斯的利爪刺入商贩的皮肤,他们扇动着

· 091 ·

水晶门：天空之国

宽阔的翅膀，将商贩抓着飞到空中。商贩尖叫挣扎着，胡乱地挥动手臂，却无法挣脱特罗达克斯的束缚。提亚雷特看着，心里一阵恶心，却知道自己无能为力。特罗达克斯带着俘虏飞出伊拉克什的边缘——然后松开爪子。灯笼商贩从数千英尺高的空中落向下方开裂的地面，他的惨叫声很快随风而逝。

"来。这边。"谢里夫说，带领他们穿过蜿蜒的街道，"我知道最近的军械库的位置。"

"你不是应该去安全的地方吗？"格温说，"首先，现在的形势很不利；其次，你是力量之环的一部分；第三，你是下一个苏丹，你不能贸然行事，你的子民还需要你。"

"我不能在我的子民奋勇反抗时独享太平。"谢里夫说。

特罗达克斯现在开始了一场残忍的袭击。他们将受害者抓起来，随后在天空之城的边缘把他们扔向地面。提亚雷特看着几十个公民无辜死亡，感到不寒而栗。特罗达克斯反复攻击，试图抓住这群学徒，但在提亚雷特的掩护下，他们逃脱了。谢里夫带着他们穿过迷宫般的街道。莱珊德拉向空中投掷武器，反击特罗达克斯，而维克和格温则结合自御之法即兴发挥，胡乱地应对着特罗达克斯。

"啧啧，我们刚刚运用了和梅隆人搏斗的窍门。"维克嘀咕着，抓起一个沉重的铜锅，用它重击了一只特罗达克斯的头。

谢里夫顽强地带领他们前进。到达带栅栏的狭小军械库后，谢里夫看见城市守卫已经到了那里。"这里。剩下的就这些了。"他自己拿了一把长矛和一把匕首，然后将长长的青铜尖刀的武器分发给格温、维克和莱珊德拉。提亚雷特没有收下，她拿起法杖在头顶绕了一圈。"这就够了。"

第十四章

伴随着一阵狂风,这些踏板滑翔机大小的怪物俯冲下来,在他们的周围盘旋。特罗达克斯挥舞着锯齿状的剑猛烈进攻,试图将这群学徒逼到迷宫般小巷中的死胡同里去。人们四散奔逃。

格温和维克举起长矛,齐齐向上刺去,刺中了两只特罗达克斯的大腿和腹部。另一只特罗达克斯用尾巴攻击,在小巷的砖墙上砸出凹痕。莱珊德拉迅速动作,将长矛挥向旁边,用锋利的长刀斩断了怪物的尾巴。怪物发出超出她的听觉范围的惨厉尖叫飞走了,一边抽搐一边流血。

"他们想困住我们。"谢里夫说。

一位老妇人试图逃往山上,寻求庇护。她的身形暴露在了巷子里。这位老妇人行动迟缓,提亚雷特跑向她,想要保护她免受伤害。这时,老妇人抬头望向天空,满是皱纹的脸上浮现出恐惧。一瞬间,一只特罗达克斯抓住了她,用脚爪抓扯她的披肩,把她拉到空中,就像是在摆弄一个玩具。提亚雷特对此毫无办法。特罗达克斯从屋顶上飞走了,她知道这位老妇人必死无疑了。

格温也看到了,她怒不可遏地扔出了长矛。飞出的武器击中了一只飞行中特罗达克斯的后背。他拍打着翅膀,拼命地逃跑,慌不择路地撞在了高塔的一侧,摔落地面,死了。提亚雷特注意到另一座高耸的尖塔侧面的木制脚手架,跑了过去。她手脚并用地爬上脚手架,越爬越高,到达了摇摇晃晃的平台上。特罗达克斯向她扑来,提亚雷特挥动法杖,将一只又一只怪物击落。

掉落地面的特罗达克斯昏迷不醒,谢里夫和他的朋友们趁机将他们除去。提亚雷特的手臂因为激烈的战斗已经剧烈酸痛。她甩了甩头,甩掉汗水,清明视线。她看到长翅膀的敌人仍然如波浪般涌来。袭击似乎没完没了。她知道在这里伊拉克什人无法自

水晶门：天空之国

卫。虽然卫兵在不停地射箭抵御，消灭更多的敌人，但这样的努力远远不够。

然而，突然之间，提亚雷特听到了尖锐的口哨声，鸟叫一样的声音，以及像号角一样响亮的铜管声。天空的另一边，模糊的白云中出现了第二支长着翅膀的大军。然而他们更像人类，他们宽阔的翅膀上覆盖着棕色的羽毛，如同巨鹰的翅膀。号角再次响起。

"是艾格洛尔人！"谢里夫喊道。

维克大叫，格温欢呼。

莱珊德拉半张着嘴，睁大了眼睛。"艾格洛尔人来了。"

提亚雷特在空中旋转着法杖，第二支有翼物种到达，这是一支羽翼丰满的空中军队——正是苏丹竭力促成的盟军。她几乎是漫不经心地挥动法杖，砸向了另一个敌人。伊拉克什得救了！

第十五章

　　谢里夫目睹了特罗达克斯杀害伊拉克什的人民，这深深地激怒了他。不管他曾经是否愿意接受这个使命，他都是他们的苏丹，伊拉克什的领袖。

　　这些有翼怪物破碎、流血的肢体散落在伊拉克什崎岖的街道上，很多上面都插满了箭矢，有的则是被提亚雷特用法杖从空中击落。而提亚雷特仍然像苦行僧一样，站在脚手架上，防备着攻击范围内的敌人。这些怪物对这座城市造成了可怕的破坏。

　　混杂在特罗达克斯大军的尖叫声中，谢里夫听到了人们看到艾格洛尔人出现时发出的欢呼声。谢里夫现在明白了为什么他的父亲愿意打破传统，与有翼人结成前所未有的联盟。

　　维克直起身子，扬起下巴，看到艾格洛尔人军团向前飞去与特罗达克斯交战时，他咧嘴一笑。"现在还差不多。"

　　在特罗达克斯的先锋队中，谢里夫已经辨认出了他们的首领，他拥有最宽的翼展和最长的卷角，还戴着一个猩红色的头

水晶门：天空之国

饰。首领发出一声响亮的号令，与其说是号令，不如说更像是怪物的咆哮。但特罗达克斯们都听懂了这奇怪的声音，他们开始向上聚拢。谢里夫看出来了他们正在集结队伍，准备对抗迎面而来的艾格洛尔人军队。

维克神色亢奋，举起长矛，掷向队伍后方的一只特罗达克斯，那怪物的爪子和尖牙上还滴着两个无助商贩的鲜血。长矛刺中他的腹部，这只特罗达克斯惨叫着坠落。谢里夫知道彼时维克在水下杀死一个意图杀害提亚雷特的梅隆人时受到了惊吓。虽然特罗达克斯看起来比梅隆人更不像人类，但他看得出这个来自地球的年轻人依然没有适应手染鲜血的感觉，但这个年轻人显然别无选择。这些长着翅膀的怪物依然在攻击伊拉克什。

现在艾格洛尔人作为盟军来到这里，帮助伊拉克什抵抗特罗达克斯，谢里夫觉得现在没有人——即使是最记仇的古老贵族家族——会抱怨苏丹促就的联盟。他一直观察着留着大胡子、肌肉发达的拉顿国王；他带头冲锋，用低沉的声音发号施令。艾格洛尔军队扇动翅膀，像逐渐聚集的雷暴一样逼近了特罗达克斯队伍。拉顿国王一手拿着锋利的长剑，另一只手拿着有尖刺的棍棒，看起来就像是等待被释放的毁灭先驱。

但预想中的空中激战并没有发生。

艾格洛尔人飞入有翅膀的怪物之中，没有受到打击，更没有缠斗和咆哮，反而和特罗达克斯集聚成了一个更大的队伍。空中传来的声音变成了由尖叫、低吼组成的喧闹大合唱。随后这群集结完成的飞行生物俯冲而下，开始了对伊拉克什的第二次攻击。

"这是怎么回事？"莱珊德拉说。

"我们被出卖了！"谢里夫说。他想起了伊拉克什的一句重要

第十五章

谚语：行动比语言更能验证真挚的友谊。虽然拉顿国王签署了盟约，给出了承诺，但他真实的意图现在才展现。艾格洛尔人与可怕的特罗达克斯结盟了。

惊慌失措的民众中响起起落落的怒吼。伊拉克什的卫兵从塔楼探出头来，搭弓射箭，准备作最后一搏。他们一次又一次地射箭攻击。

艾格洛尔人与特罗达克斯结成同盟，以压倒性的武力冲向地面。现在伊拉克什要对付的敌人数量翻倍了。

谢里夫的心沉了下去。他清楚他的子民没有胜利的希望。战斗开始了，谢里夫叫上他的朋友们，准备跑回军械库去拿更多的武器。提亚雷特依然挑衅地站在脚手架上。她黝黑的面庞带着战斗到最后一刻的决心。谢里夫不知道怎样才能让大家逃过一劫。

特罗达克斯就像野狗一样无差别地攻击人群，抓起受害者，从这座空中城市的边缘扔下，或者用爪子、牙齿和锯齿将他们撕碎。显然，艾格洛尔人策略完全不同。拉顿国王吼叫着发布命令，艾格洛尔士兵成对飞行，中间夹带着网兜。

谢里夫看到艾格洛尔人向他们飞来，将网张开做好准备，谢里夫突然明白了他们的计划。"我们必须找到地方隐蔽。"他对着脚手架喊，"提亚雷特，下来！"

"战斗还没有结束。"她说。

"你会被抓的。他们想要我们，他们想要人质。"他转身。莱珊德拉已经把维克拉进了一条狭窄拥挤的小巷，她觉得艾格洛尔人进不去那里。

几个特罗达克斯落在地上，展开双翼，手持利器，挡住前路，把他们堵在了巷子里。谢里夫转身带着他的朋友试图从另一

水晶门：天空之国

个方向逃脱，但一名艾格洛尔人挡住了他们的去路。这个长翅膀的人皱起浓密的眉毛，像是两条碰头的毛虫。

高空中，在他们头顶上，拉顿对特罗达克斯的领袖大声呼喊，语带责备，出言不善。特罗达克斯领袖咆哮着回应，但却丝毫没有影响拉顿国王。

艾格洛尔人举着手中的网，降低高度扑向谢里夫一行人。

谢里夫拔出匕首。"咱们背靠背，"他对格温说，"我们要待在一起，不能让他们抓住。"

拉顿无意中听到谢里夫的话，开口说："我们会抓住你的。我劝说这个野蛮子不要直接杀了你，你得对我感恩戴德。"特罗达克斯首领嘶吼着。拉顿厉声说："蠢货，完全不讲策略。明明有更简单的方法可以赢得这场战斗，这样也可以节省兵力——而不用牺牲上百特罗达克斯。"

头部猩红的生物尖叫起来，拉顿不屑地抨击："我就应该亲手杀了你，你怎么能让这些重要人质处于危险当中。你根本不知道他们的价值。阿兹里克给了我们明确的指示。"

"阿兹里克！"听到黑暗圣者的名字，谢里夫惊叫起来。到此，事情的原委开始清晰起来。

拉顿发出响亮的笑声，他的黑胡子也跟着颤动。"是的，阿兹里克。我相信你已经见过他了。而且我认为你哥哥很了解他……尤其是在你哥哥生命的最后一刻。"

谢里夫想要飞身攻击空中的拉顿，但艾格洛尔人将长网缠在了他和格温身上。另一群翼人抓住了维克和莱珊德拉，而两只特罗达克斯从提亚雷特手中夺走了法杖，把她从脚手架上拉了下来。提亚雷特受了轻伤，流着血被扔进了被俘虏的人群。

第十五章

"把他们包裹起来，向王宫前行，"拉顿说，"我们可不希望他们在路上挣扎逃脱掉下去，把下面街道弄得一团糟。这里将会是我们的新城市，艾格洛尔人的飞行据点。将人类害虫从他们的藏身洞中清理出来已经够困难的了。"

谢里夫剧烈挣扎，但网兜具有弹性，把他紧紧缠住了。他听说网兜的原材料是艾格洛尔人从他们栖息地里的那些高大柔韧的海藻树中提取的纤维。他知道即使用他的匕首也无法砍断这些绳索。

艾格洛尔人抓着谢里夫飞到空中，他的胃部猛地一颤。谢里夫和格温的手脚被绑在一起，他从网眼往下观察，看到自己被带着迅速地飞过屋顶。伊拉克什幸存的卫兵大喊大叫，咒骂敌人。一些人仍在射箭对抗，直到他们的长官发出停手的命令。因为他们担心不受控制的箭矢可能会伤害到王子和他的同伴。

谢里夫对艾格洛尔人的背叛感到非常愤怒，几乎说不出话来。"你为什么要这样做？阿兹里克给了你什么承诺让你背叛与苏丹的盟约？你曾经立下了誓言。"

"与人类的盟誓，"拉顿说，"那没什么意思。阿兹里克承诺，只要人类被驱逐，伊拉克什就是我们的了。你们人类不会飞行，根本就不应该在空中。伊拉克什的存在对我们来说是危险。若艾格洛尔人入住伊拉克什的塔楼和宫殿，它将成为我们在天空中的强大堡垒。我们可以不拘泥于我们的森林家园。到时候，我们将统治整个世界。"

特罗达克斯的首领在他旁边怒吼。拉顿并没有把这个生物放在眼里。"我不知道阿兹里克对这些……东西承诺了什么。"特罗达克斯首领叫喊里的怒气愈盛，但拉顿并没有理睬。

· 099 ·

水晶门：天空之国

格温扭动着身体，抬起头，对艾格洛尔国王直言不讳："你这么轻易地打破与人类的誓言，那你有多少把握阿兹里克会信守对你的承诺呢？"

"他没的选择，"拉顿声音洪亮地说，"他不会背叛艾格洛尔人。"

"现在我们可知道你那鸟大的脑子确实配得上你的鸟翅膀。"维克讥讽道。

"目前你们就尽情地嘲讽吧，"拉顿低声笑道，"但现在你们是我的俘虏，伊拉克什也被我们征服了。宫殿已经志在必得，我们很快就会说服你的苏丹放弃抵抗，将城市拱手相让。"

"我父亲永远不会投降。"谢里夫厉声说。

"我们都对老苏丹有信心，"拉顿说，"只不过我们双方对他的信心截然不同。"

遇袭后的战火开始在市场上蔓延，帐篷、窗帘和遮阳篷都着火了。低头看着这场灾难，谢里夫油然而生一股深入骨髓的恐惧。

他们飞过宫殿。现在这里看起来更像是一个众多飞行生物群居的地方，特罗达克斯和艾格洛尔人环绕着最高的尖塔，聚集在建筑物的圆顶和尖顶上。他们从开放式的阳台飞进建筑内部，蹲坐在装饰着蓝宝石圆顶入口的雕塑上。当他们飞过通往苏丹议事厅通道带锁的拱门时，谢里夫看到五名宫廷卫兵躺在入口外的瓷砖上，浑身鲜血淋漓。

在拱顶殿内，数百名艾格洛尔人和特罗达克斯趾高气扬地走着。谢里夫看到这些有翼生物拖着尸体，一些是人类，一些是特罗达克斯和艾格洛尔人。贾比尔穿着暮色长袍，被粗绳捆绑着。

第十五章

他挣扎扭动,因为嘴被塞住了,所以他无法使用任何咒语。

老苏丹面色苍白,气息虚弱,被人从王座上拽了下来,一把向前推去。谢里夫猜想自他回到伊拉克什以来,眼下他的父亲比以往的任何时刻都更接近死亡。老苏丹本以为他会在冥思中度过他的最后时光——休养生息,保存仅剩的活力。解毒剂即将告罄,依据贾比尔的判断,老苏丹的身体已经到达极限了。

艾格洛尔人毫不客气地将网里的俘虏扔在地板上。一个艾格洛尔人开始摆弄拴住维克和莱珊德拉的绳索。另一个翼人松开了失去武器的提亚雷特。提亚雷特脱了身,警惕地环顾房间,但她知道最好不要为毫无意义的反抗丢掉性命。拉顿国王用锋利的长刀割开了困住格温和谢里夫的网。他粗鲁地抓住王子的肩膀,将他拖了出去。他用力把这个年轻人拉起来,威胁似的钳制住他。被忽视的格温从被挑破的网中挣脱出来,满脸愤怒地站起身。

"我已经放话让你投降。"拉顿对苏丹说,"你现在要做的就是通知所有卫兵停止反抗,放下武器,向他们的新统治者艾格洛尔人行礼。"

"不可能,"苏丹说,"我宁愿亲眼看到伊拉克什毁灭。"谢里夫知道他父亲是认真的。"我会命令维齐尔反转城市飞行的咒语,让伊拉克什坠落毁灭。"

"你永远不会那样做的。"拉顿说,他的声音隆隆作响,"我倒是很乐意将你的子民赶尽杀绝,扔出这座城市。但不知为何,阿兹里克不愿意我那样做。"

苏丹尽力站直,灰白的脸因愤怒而涨红。"如果阿兹里克胆敢再踏足伊拉克什,我就要让他灰飞烟灭。"

"如此虚弱,志向却如此远大。"拉顿说,"我可以让我的子

· 101 ·

水晶门：天空之国

民和这些……生物，"他冷笑着指着特罗达克斯，"多花几天把你们都宰了。但我耐心已经到了极限，为了伊拉克什，我已经等了太久了。"他一把揪住谢里夫的头发，迫使谢里夫把头向后仰。他将锋利的剑刃抵在谢里夫裸露的喉咙上。"这是你的机会，苏丹。我知道他是你的儿子。现在就让伊拉克什全境投降，否则我就让你亲眼看着他被砍头。在他停止流血和抽搐之前，我会命令我的族人，杀掉城市里的所有人，一个不留。"

谢里夫浑身发抖，奋力挣扎，但艾格洛尔人的锋利刀刃压入了他颈静脉处柔软的皮肤。"绝对不能投降，父亲。"他的肚子似乎在翻滚绞痛。他不禁想起了父亲经历的所有失望，父亲对他领导能力的所有斥责，父亲认为他永远不会像他的哥哥哈希姆那样成为一个强大的领袖。

谢里夫深吸一口气，等待死亡。父亲从没有对谢里夫表现过平易和慈爱。谢里夫确信他的父亲会做出正确的决定。

与谢里夫预期的不同，苏丹崩溃了，抽泣着。"我没办法承受两个儿子都在我的眼前死去。"他的肩膀垂了下去。"把你的刀从他身上拿开，"苏丹不敢直视谢里夫，"我很抱歉。"

拉顿发出大笑。

"父亲，不行！"谢里夫厉声喝道，"不能屈服。想想所有——"

但苏丹注视着他，举起一只手示意谢里夫不要再多言语。"我仍然是这里的君主，这里，我做主。"他看着拉顿，"伊拉克什是你的了。"

第十六章

形势不利，情况很糟糕。格温、维克和他的朋友来到伊拉克什，原本是为伊兰蒂亚寻求盟友，找到拯救卡亚拉的方法，并请求临时借用伊拉克什的王子。始料未及的是伊拉克什被攻占，空气之灵拒绝为拯救维克的母亲提供帮助，谢里夫的父亲也快要死了。这座城市的子民要不是被解除了武装，要不就是被监禁了。学徒五人本该赶回伊兰蒂亚，现在却被困在了空中之城。

自从苏丹宣布投降，他身上的所有能量似乎都耗尽了。他摇摇晃晃地倒在宝座前的精致台阶上。镶着宝石的长笛从他的腰带上掉落在地板上，咔嗒作响。苏丹戴着头巾的头倒在花纹瓷砖上时，格温倒抽了一口气。谢里夫跪在父亲身边，拿起长笛，塞回苏丹的腰带里。几个学徒都想跑上前去帮忙，但被艾格洛尔人拦住了。莱珊德拉想办法摆脱了看住她的守卫，她弯腰取下挂在脖子上的小瓶，打开塞子，滴了几滴绿色能量液到苏丹嘴里。苏丹的脸颊恢复了一丝血色，呼吸似乎更顺畅了，但并没有醒来。

水晶门：天空之国

维齐尔贾比尔设法摆脱了让他沉默的禁制。"毒药太强了。"他悲伤地说，"苏丹需要躺在床上，不能睡在地上。"

拉顿国王向他的两名侍卫示意，后者粗鲁地抓着苏丹的手脚，抬起国王，跟着贾比尔走出了房间。谢里夫仍然低头跪在地上。"我的父亲，伟大而睿智的伊拉克什的统治者，现在却被囚禁在自己的宫殿里。"

尽管王子不愿意，莱珊德拉还是让他喝了一些恢复体能的能量液。

"还能更糟么？"维克喃喃自语，"一个垂死的统治者，一个被敌人入侵的城市，缔结的盟友竟然是叛徒？还有什么套路没出现么？"

就在这时，艾格洛尔人挥动羽翼，发出了类似鼓掌的声音。他们提高音量发出叫声，抬眼注视着穿过城市向他们飞来的影子。飞毯？格温猜测着。**另一种类型的艾格洛尔人或是有着史前外貌的有翅膀的生物？**但实际上情况更糟糕。

在她身边，维克低声说："我非常想知道。"

事实上，那是一只特罗达克斯正飞向宫殿——这是格温见过的最大的一只——他展开的双翅似乎能盖住整个天空，其背上坐着一个她非常熟悉的男人。微风拨开他长长的黑色直发，露出一张年轻的英俊脸庞，但同时不知为何，这张脸又给人异样的感觉，即使是在这个距离上看来也是如此。格温认出来了那就是杀害她父母的凶手：阿兹里克。

这位古老的黑暗圣者驾驭着特罗达克斯落在了宫殿外露台的栏杆上。落定后，特罗达克斯低下头，直到碰到瓷砖地板，阿兹里克姿态优雅地走了下来，站在这群被俘的学徒面前。紧张、恐

第十六章

惧和愤怒,多种情绪混杂,格温感觉自己快要无法呼吸了。谢里夫挣扎着站起来,提亚雷特摆出谨慎的防御姿态。

阿兹里克用他那异色双瞳扫视四周:"啊哈,都到齐了,我明白了。嗯,差不离。告诉我,苏丹在哪里?"

"在他自己的卧室里,病入膏肓,就剩一口气了。"拉顿说,"撑不了多久了。"

闻言,阿兹里克脸上露出喜色:"完美。"格温只想尽可能地远离这个恶魔,但她和维克不敢示弱。当初他们被梅隆人俘虏,差点儿被阿兹里克控制。她和她的堂弟必须摆明立场,绝不会为黑暗圣者打开水晶门。

黑暗圣者双手交叠,露出食指,得意地笑了:"攻下了这座城市,逮住了人质,还有预言之子作为额外之喜。我简直不敢相信自己的好运气。但这并不是运气,不是吗?是她告诉我事情会如此发展的。"

格温清了清嗓子:"她是谁?"

阿兹里克笑了笑,仿佛这是一个绝妙的问题:"还需要问么,当然是你们欢乐六人组的最后一个成员。哦,我不是提到了吗?她跟我一起来的。"他从挂在腰带上的一个挎包中取出一个玻璃瓶,瓶子底座呈现宽阔的球状,颈部细长,顶部有一个塞子。琥珀色和紫色交织的玻璃瓶身上蚀刻着复杂的图纹,似乎里面有东西在散发微弱的光芒。"你的小精灵,帮了大忙。"

"那不可能。"维克头一个说。

"皮里!"谢里夫震惊地叫了出来。

"把我们的朋友放了。"提亚雷特语气不善。

"皮里绝不可能帮你的。"莱珊德拉说。

水晶门：天空之国

"也有可能。"谢里夫脸带惧色地说，"一旦他把她囚禁起来，她就别无选择了。"

格温简直不敢相信他说的话："为什么？"

"因为阿兹里克把皮里抓起来关在瓶子里了。"维克说。

阿兹里克对维克点点头，表示欣赏。"你们的小朋友，不管她心里怎么想，现在都得听命于我。"随后他摆出失望的神色。"可惜，她还没有成长到完整形态，还不能施展空气之灵的全部力量。所以还没办法实现我的愿望。她现在可以发光，或是漂浮在空气和水中，这样的能力对我来说没有价值。但她很容易被捕捉，非常虚弱和无助。我能控制她告诉我真相。我问的问题，她都必须诚实回答。当然，回答问题会消耗她大量的精力，"他一边说，一边摇晃微微发亮的瓶子，"就像实现愿望会耗尽成年空气之灵的生命力一样。但到目前为止，皮里可是非常有用的。我问她如何才能以最小的代价攻下这颗天空中的宝石伊拉克什。她就告诉我这样一个完美的进攻时机——并且告诉我如果以苏丹儿子的性命相要挟，苏丹就会投降。"谢里夫闻言不禁脸部抽搐。

"可悲的是，我早在几千年前就知道，即使是空气之灵也无法打开水晶门。"阿兹里克发出无声的叹息，"能想象我有多失望么。尽管如此，看着一个精灵费尽心力地尝试还是很有趣的。打开水晶门是我对它提出的唯一要求，空气之灵试了又试，直到耗尽了它的全部生命力，灰飞烟灭，消失于无形。"他对这群学徒咧嘴一笑，就好像刚刚讲了一个吸引人的笑话。不理会他们愤怒的目光，阿兹里克继续轻松地说："不管怎样，对我而言，占领伊拉克什，摧毁伊兰蒂亚，只是我向终极目标进发的第一步。"

"然后释放你的不死军队？"格温厉声问道。

第十六章

"征服所有已知的世界?"维克补充道。

阿兹里克双手合十。"那是自然。为了让这些成为现实,如同预言中提及的那样,我需要一个能解除封印的人。所以想象一下,知道你们就在伊拉克什,我那时有多高兴。我问皮里如何才能找到你们,可怜的小东西告诉我你们两个就在这里,就像盘子里的烤鸭一样,已经为我准备好了。一旦我处理好了伊兰蒂亚,我们三个人自然会有足够的时间来解除水晶门的封印,到时候没有任何圣者能来干涉我们。你俩可以为我们省去一些麻烦。维克,格温,现在你们必须同意协助我。"他扬起眉毛,"别想着抵抗,没有希望的。"

"前路总有希望。"维克说。

阿兹里克暂时把这个话题放在一边。"现在我的胜利就在眼前——在巴拉克国王和他的梅隆人的帮助下,加上我的飞行盟友——我开始考虑怎么找回我的军队了。"他随意地耸了耸肩,"哪位将军最强,哪支军队先放,怎么联系,诸如此类的事情。你们知道,就这些日常的考量。"阿兹里克给了他们一个淡淡的微笑。

"所以我问皮里有没有办法让我远程看看我的军队。当然,我知道他们还活着,但我已经有几千年没有见过他们了。"他双掌轻轻摩挲。"你猜她跟我说了什么?"他那双怪异又令人不快的眼睛紧盯着格温的眼睛,"我们亲爱的格温竟然拥有一种我从没想过的技能。尽管期待的过程也很享受,但我认为没有必要再等了。格温,我会告诉你一个我想看到的世界的名字,你就展示给我看。让我们从盖若开始,好吗?"

格温脸色发白,用力咽了口唾沫。"我不知道我能不能显示

· 107 ·

水晶门：天空之国

一个我从未见过的地方。"随意地挥了挥手，明亮而平坦的画面就凭空出现在她和黑暗圣者之间，格温的话语戛然而止。画面边缘雾蒙蒙的，模糊没有聚焦，但画面的中心非常清晰。在无声的画面中，成千上万的装甲士兵聚集在一个巨大城堡的庭院中。长长的桌子上摆着盛宴，堆满了烤肉、水果和黑面包。许多战士端着酒杯，喝着啤酒或者葡萄酒。

画面中有一名男子身着重型盔甲，披着血红色斗篷。他头上的战盔好似一顶皇冠。他站在盛宴中心的木台上。"太好了——那是奥希尔布拉克。"阿兹里克说。

格温发现自己被无声画面中的奇妙景象迷住了。奥希尔布拉克高高举起双手。军队似乎在疯狂地欢呼。奥希尔布拉克将一只手臂扫向一侧，他的几个手下将一名挣扎的士兵抬上了木台。这个人没有穿盔甲。在这位将军的命令下，男人站起身来，温顺地站在他身边。接下来发生的事情差点儿让格温的心停止跳动。

原本畏缩的男人形象迅速变化，头发越来越黑，皮肤越来越白，胡须似乎融入了他的脸庞，他的衣服变成了丝绸长袍。不一会儿，一个完美的阿兹里克复制品出现了，凝视着人群。这位黑暗圣者对眼前的一切露出了震惊的神色，显然他自己也没有想到这样的事情。

庭院里的士兵见此情形，似乎兴奋得发疯了，跳着欢呼，在头顶挥舞刀剑长矛。格温为如此迅速而彻底地完成了阿兹里克的指示而感到尴尬，她环顾了周围的朋友们。谢里夫心烦意乱。维克看起来更多的是感兴趣而不是担心。提亚雷特看起来疑虑重重，而莱珊德拉则显得非常不安。格温本人对这种情况并不十分兴奋。

第十六章

　　画面里,热情的士兵向阿兹里克的复制品投掷花环。显然,这个伪装者也陷入了当场的激情之中,抓住了花环并将它们挂在了脖子上。见此,人群更加狂热。假阿兹里克一个助跑,从舞台上跳进了人群中。士兵们接住了他,把他扛在肩上,抬着他穿过庭院,在人群里游走。这些不死士兵举起酒杯,像是在向他敬酒,随后都一饮而尽。真正的阿兹里克对这一奇观似乎既高兴又生气。

　　艾格洛尔国王在黑暗圣者耳边低语。

　　"够了,"阿兹里克对格温说,"现在,我更想看看其他世界。虽然看到有人伪装成我让人烦躁,但很明显我的军队依然以我为尊。我还有很多世界要征服,没时间再浪费在看这样的狂欢上了。"

第十七章

"我恐高。"维克抓着笼子的铁栏杆抱怨着,他与谢里夫和莱珊德拉被关在一个笼子里。这个笼子在持续不断的微风中摇晃着,发出吱嘎声。笼子的部分栏杆之间的间隙过大,瘦子有掉出去的风险。

"你以前不恐高。"格温说,她和淡定的提亚雷特关在一个笼子里,"记得我们以前还爬上过红杉国家公园最高的瞭望台?"

"这不一样。"维克说,一边扭动,一边调整自己脚的位置,试图找到一个舒服的姿势。一阵眩晕袭来,远处的地面在维克脚下旋转。他的脚滑到铁栏杆之间,穿过了开口,晃晃悠悠的感觉让他作呕。"我以前可从来没有被关在一个大笼子里,还悬浮在一个离地面数公里的地方——或者这可能是个擂台?虽然我希望不是。"他警惕地瞥了谢里夫一眼,摇了摇头。"两个人进来,一个人离开。"莱珊德拉帮助维克将他的脚拉了回来,维克笨拙地蹲了下来,让自己身体保持平衡。

第十七章

被阿兹里克的艾格洛尔人-特罗达克斯联盟俘虏后,五位学徒被囚禁在两个球形笼子里。这些笼子被悬挂在伊拉克什飞岛崎岖的岩石底部。这些球形牢笼是由厚厚的黑色锻铁条制成的,维克在铁条上看到了令人不安的锈迹——或者可能是旧的血迹。他说不清。

每个笼子都挂在铁链上,铁链用螺栓固定在头顶的坚固岩石上。因为伊拉克什远离地面,所以这里狂风大作。还有一个球形笼子里只装着一具风化的骨架——一个被遗忘已久的囚犯的遗骸。

"在过去的几代人中,苏丹只对罪大恶极的罪犯使用这种惩罚,"谢里夫说,"它被称为最深的地牢。罪犯被吊在这里,经受风吹日晒。"

"那给囚犯食物一定非常困难。"格温说。

谢里夫隔着笼子的铁栏看着她。"没有食物。这是无期徒刑。这些笼子的强大威慑力就在于此。除了需要再次使用地牢之外,这里不会与外界有任何联系,囚禁在这里,最后除了几块骨头之外什么都不会剩下。"

"啧啧,"维克说,"我希望在那之前我们可以获救。"

对这群学徒来说,幸运的是阿兹里克并不想让他们死,并且艾格洛尔人也可以毫不费力地来到这里。长翅膀的士兵飞到伊拉克什的下方,又顺着爬了上来。他们给关在这里的俘虏每人一份干巴巴、没有味道的食物,以及一小罐水。维克狼吞虎咽,吃得太快了,易碎的褐色薄饼掉下大块儿碎屑,随即被风吹走。见此,维克深感可惜。

提亚雷特在格温身边似乎非常自在,丝毫没有受到她们脚下

水晶门：天空之国

高空的影响。她将纤长、肌肉线条优美的双腿穿过栏杆，自然垂下，这似乎比维克笨拙的深蹲舒服多了。维克没办法让自己放松下来。他试图在笼子里打开一扇水晶门，却没有成功。维克不清楚失败的原因，也许他无法创造一个如此小的水晶门，抑或是没办法在离自己这么近的距离创造一扇，也可能是因为他现在体能不足。

然而格温却做到了他们认为不可能的事情。她心不在焉地摸着脖子上的徽章，大声地许愿打开一扇窗户，看看上面城市的情况。

"不可能，"维克说，"我们现在就在伊拉克什，查看城市的状况不需要穿越水晶门来实现。这不是我们的力量——"他突然停了下来，不知怎么地，笼子外面浮现出影像。

一扇窗户显示阿兹里克独自坐在苏丹的宝座上。在另一扇窗户中，维齐尔贾比尔正在遭受艾格洛尔人的折磨。格温迅速关上了窗户，在这样的情况下，莱珊德拉也没有必要告诉其他人她听见了什么。

格温打开另一扇窗户查看苏丹的卧室时，房间里空无一人。看到这一幕，谢里夫发出哽咽的声音，双手紧紧地抓着笼子的栏杆，双臂因紧张而颤抖。

维克看出打开这个"本地"窗口让格温筋疲力尽。她看起来摇摇欲坠，他们都担心接下来可能会看到的场景。"够了，博士。休息一下，稍后再探查。"

她把手从徽章上移开，窗户关上了。这群朋友沉默着坐了很久。

这座空中之城在魔法的驱使下快速移动，现在无疑是由阿兹

第十七章

里克主导的。艾格洛尔人占领了许多房屋,将人类居民驱逐到街面上,而特罗达克斯像看门狗一样在伊拉克什上空盘旋。维克猜测,虽然这群长翅膀的怪物可能更想要把人类都处理掉,但阿兹里克不允许——不是因为黑暗圣者对伊拉克什被奴役的民众有任何怜悯,而是因为他将人视为物品和劳力,阿兹里克绝不会浪费任何能被利用的资源。

下方地面的大部分景观都是清一色的灰褐,就好像他们是坐在一架飞机上,飞跃一片看不到尽头的死亡峡谷。在格温搬来与他们同住之前,维克和他的父亲乘飞机从圣地亚哥向北旅行时,曾经俯视过美国的沙漠。

不过很快这种统一的色调就变了——地面的状况变得更糟了。维克注意到远处的地面裂缝中散发出一股难闻的硫黄气味。当这座城市接近那片毁灭之地时,特罗达克斯兴奋地尖叫起来。维克觉得他听到了远处传来低沉的轰鸣,他看到黑色的飞灰,火山口喷出的猩红色熔岩,以及天空中的浓烟。越来越多的特罗达克斯在空中飞行,环绕火山山脉,他们的巢穴建造在火山口内。活火山喷发,熔岩流淌过这片饱受蹂躏的土地。

"感觉我的眼睛好像着火了。"莱珊德拉说。刺痛使泪水从她的脸上流了下来。

维克试图帮她擦掉眼泪,但他自己的眼睛也一样猩红。维克不停地眨眼睛。他的肺在燃烧,烟雾越来越大,呼吸越来越困难。"这一定是特罗达克斯所谓的家,甜蜜家园。"他说。

特罗达克斯的首领,头上有着猩红色的头冠,翅膀尖角伸出了长角。他带着几只掠食者整齐划一地飞行。这些生物仿佛完美复刻了他们首领飞行的所有细节。特罗达克斯扇动翅膀在空中盘

· 113 ·

水晶门：天空之国

旋，看起来他极力想要把维克和其他学徒撕成碎片，只是碍于笼子的阻拦以及阿兹里克的禁令。特罗达克斯首领的尖尾在飞行中击打着囚笼。

他发出了令人毛骨悚然的尖叫和咆哮，猛地合上长满尖牙的下巴，把头歪向一边，似乎是在撕裂猎物的皮肉。维克觉得这不是什么友善的示意，于是用他自己的肢体语言应答——他吐了吐舌头。

"别惹他，泰兹。你是想害死我们吗？"

"现在只是虚张声势，之后就是打破笼子，"维克说，"但不管怎么样，你怎么会觉得他明白吐舌头的意思？"

特罗达克斯再次发出呼啸，带着同伴飞走了。在伊拉克什，阿兹里克现在可能正在制订计划，想办法让拉顿控制这座城市。没有人知道谢里夫的父亲是否还活着，但老苏丹已经很虚弱了，就在前不久他差点儿没有撑过毒药的折磨。维克不知道他们该如何摆脱这种困境。一直在这里"徘徊"直到他们都变成骷髅并不是力量之环的选择。如果预言是对的——此时维克热切希望预言是对的——整个世界的命运就掌握在这五个好伙伴的手中。他们必须逃离囚笼。

"你能召唤空气之灵帮助我们吗？"提亚雷特问谢里夫。

王子摇摇头。"就算我知道怎么召唤他们也没用。除非用邪恶的魔法俘虏某个空气之灵，否则没办法让他做任何事情。"他的眉头紧锁，声音变得嘶哑，"我相信皮里愿意帮助我们，但她做不到，现在她是阿兹里克的俘虏。"

就在这时，一只深褐色的巨大信蛾飞到了悬空的笼子里。它看起来像是贾比尔养的信蛾，但维克不记得还有颜色这么朴素的

第十七章

信蛾。它几乎与城市下面的泥土和岩石融为一体——这也许就是它能来到这里的关键,维克意识到。

它直接飞到了谢里夫、维克和莱珊德拉所在的笼子旁边。它的腿上绑着一个小卷轴,谢里夫取下卷轴。王子一拿到卷轴,信蛾就飞走了。

谢里夫展开羊皮纸卷轴。"我是贾比尔,"他念出来,"王子,别放弃。您的父亲依然健在。阿兹里克对我实施了严密的监控,但正如我们的人民常说的,'仇恨无法与爱的力量相抗衡'。"

"至少听起来我们还没到绝路。"格温说。但是眼前所见并不允许他们有丝毫松懈。在他们下方是一片火山,有的喷吐着浓烟,有的像充满沸腾熔岩的大锅,还有更多死火山的灰烬上聚集着成群的特罗达克斯。"看看这被破坏的世界。"她说,"似乎特罗达克斯和艾格洛尔人居住的地方是地表唯一幸免于难的部分。即使情况如此,他们的居住地看起来也不太吸引人。"

"阿兹里克不是毁了大部分世界吗?"维克问。

"是的——运用诅咒。然而,这个世界的毁灭只是一个开始,"谢里夫说,他盯着下方千疮百孔的地面,"如果阿兹里克成功打开了封印的水晶之门,释放他的不死大军,到时候,所有反抗他的世界都可能会变成眼前的模样。"

"有可能。但其实关于阿兹里克的不死军队,我有一些重要的事情还没告诉你们。"莱珊德拉说,"格温之前打开的窗口所展示的画面实际上并不是故事的全部。"

"是的,"提亚雷特同意,"《伟大史诗》不会仅靠图像来完成。语言是理解的必要元素。"

"幸运的是,阿兹里克听不见当时窗户里的士兵说的话。他

水晶门：天空之国

们传统的阿兹里克节已经举行了数千年。但他们并不是崇拜阿兹里克，而是诅咒他，以此表达蔑视。"

"你确定吗？"维克问她，"啧啧，但他们看上去非常开心。"

"确实是开心，"莱珊德拉向他保证道，语气却有些不舒服，她没有正视维克的眼睛，"他们很多人说的话让我确信这一点。一名士兵说，他希望宴会已经结束，这样人群就可以开始狂欢，整夜折磨和肢解假扮的阿兹里克。"

"呃，"格温说，"我有点儿不确定我是否想要知道更多细节了。"

不过提亚雷特似乎非常感兴趣。"那假扮阿兹里克的人——也是不会死的吗？如果是这样，那就是他被肢解后，也不会死去。"

莱珊德拉点点头。"可是他还是会痛不欲生。另一个士兵笑着说，他渴望着有一天把真正的阿兹里克切成小块，然后——一旦阿兹里克重塑肉身——就再把他撕成碎片。"解说的女孩不禁颤抖了一下。

维克说："酷。"

格温惊讶于她堂弟对痛苦的漠然，她甩给他一个难以置信的表情。

"你没看明白吗？"维克在另一个笼子里说，"这意味着，就算阿兹里克确实打破了水晶门上的封印，他的军队看到他也不会高兴。"

"只是不是阿兹里克预期的那种高兴，"谢里夫纠正道，"但在水晶门开启之后，不死军队仍然可以征服许多毫无戒心的世界。"

第十七章

"那么我们必须确保他们逃不出来。"提亚雷特说。

"我们连关着自己的囚笼都挣脱不了,如何能阻止他们逃走呢?"谢里夫问。

第十八章

晚上，铁笼子依旧吱嘎作响，空气里充满硫黄气味，臭气熏天，他们下方地面的熔岩裂缝还是像篝火的余烬一样发着猩红的光。格温觉得他们已经在这里被囚禁了一辈子了。

那天他们看着特罗达克斯跟着他们有着巨大羽翼的领袖整齐划一地飞进来，格温就在想这些飞行的生物是否和蜜蜂一样有服从的习性，而他们的首领就是"蜂王"，或者他们是否只是一个团结协作的团队，而首领就是带领方向的头鸟。她曾经见过鸟群结队飞行。虽然格温不相信怪物有高等智慧，但他们用蛮力弥补了智力上的不足。

阿兹里克并没有到伊拉克什的地牢来奚落他们，但格温确信这个黑暗圣者最终会想尽办法强迫他的俘虏听话，以此来利用力量之环达成目的。这么长时间的按兵不动并不是因为他犹豫不决。相反，她知道他是在软化他们，折磨他们，以此削弱这五人的意志力。然而，她敢肯定结果一定会让他出乎意料。

第十八章

夜深人静的时候,艾格洛尔人栖息在空中之城的塔楼里,而特罗达克斯回到地面火山口的巢穴,伊拉克什静静地飘在空中,牢笼在这座城市下方摇来晃去。在另一个被占用的笼子里,借着地面发出的微红色光芒,格温可以看到她朋友们的影子。

"也许我们应该尝试一起唱歌,"维克建议道,"来首儿歌'Kum Ba Yah'让我们远离烦恼?"

格温哼了一声。"首先,唱歌会引来注意——不必要的关注。其次,火山的烟雾让我的喉咙疼。还有……"——她又摸索了一点——"第三,你唱歌太可怕了。"她知道这样的批评不太公平,但她现在很烦躁。呼吸着火山的蒸汽让她头晕目眩,她的屁股也因为整天坐在金属杆上而失去了知觉。

提亚雷特坐了起来,显然她和她的笼友不一样,一天的囚禁没能影响到她。"我可以背诵《伟大史诗》。让我们期待有一天我们此刻的作为也同样流传下去。"

格温的眼角余光瞥到一个棱角分明的巨大阴影从他们下方无声地滑过,挡住了微弱的光线。她身体前倾,抓住笼子的栏杆,使劲儿想看清。她推了推提亚雷特:"你看到了吗?"

谢里夫从另一个笼子里问:"那是什么?有什么东西要追我们吗?"

"那看起来太大了,不可能是一个特罗达克斯。"提亚雷特说完瞬间警惕起来。

格温试图再观察观察那东西,却看到它遮住了部分明亮的熔岩。它开始向着他们靠近,模糊的轮廓呈现出规矩的几何形状,不可能是艾格洛尔人或特罗达克斯。上面似乎还有一个人影!

谢里夫快速起身,带动着笼子都摇晃起来,维克和莱珊德拉

· 119 ·

水晶门：天空之国

紧紧地抓住对方以保持平衡。"那是飞毯——一张很大的飞毯。"

这个东西越来越近了，格温认出了那是老苏丹坐在他的深红色飞毯上，这张飞毯有谢里夫那张的两倍多大。

"父亲，您是怎么逃脱的？"谢里夫小心地压低声音喊道。苏丹坐在飞毯上直接飘到笼子下方。格温曾经在苏丹的卧室见过这张毯子，还以为只是一张普通的地毯，但她应该想到这就是贾比尔带着他们在城市游行时使用的飞毯。复杂的图案和阿伽水晶线的编织让苏丹的飞毯看上去比谢里夫用作个人交通工具的紫色小飞毯更加华丽。

"幸运的是，我把这张飞毯放在房间里。艾格洛尔人大概没有想到还要检查一个虚弱老人的床下是否还有逃生的工具。"他指了指挂在他身边的一把弯刀，"这个就藏在我卧室外面的厚布帘子里。现在我们必须离开这里。时间不多了。"

"父亲，您身体痊愈了？"谢里夫说着，格温才意识到眼前这个老人确实看起来充满活力，精力充沛。他的眼睛闪闪发光，他的动作迅速沉稳。

"至少目前没问题，"他说着，然后站起来，小心地保持着平衡，"我有足够长的时间把你救出来。我必须让你远离阿兹里克……如果这是我要做的最后一件事。"

"如果我们用两张飞毯，速度会快得多。"谢里夫说。他连忙念出召唤他的飞毯的咒语。

"你之前怎么不召唤你的飞毯？"维克问，"啧啧，你在等什么？"

谢里夫转向他。"那样又怎么样呢？我们仍然被关在笼子里。如果我的飞毯在没有驾驭者的情况下飞来飞去，那么艾格洛尔人

第十八章

或特罗达克斯就会抓住它。不过，现在我们有机会了。"

苏丹拿着一大串叮当作响的钥匙首先伸到谢里夫的笼子边。他的手在颤抖，但他坚定地将钥匙插入锁中。"作为苏丹，我象征性地保管着一套开启地牢的钥匙，尽管我在位期间从未使用过。"

"我很高兴你没有扔掉这些对你来说无用的钥匙。"维克说。锁开了，生锈的铁栏伴随着尖锐的声音打开了。

格温吓了一跳，环顾四周，警戒着特罗达克斯或艾格洛尔人来巡查。谢里夫抓着栏杆，小心地走出笼子。他给了父亲一个坚定而略显生疏的拥抱，说："现在我们得帮帮我的朋友们。"

年轻人环顾四周，寻找他的飞毯，它肯定会从阴影中飞出来接他们。格温希望它不会路过宫殿，那样会警示艾格洛尔人情况有变。谢里夫看着父亲的眼睛。"您看起来好多了。"

"我需要力量，"苏丹声音虚弱地说，"我把贾比尔为我准备的药剂都吃了。所有的。"

"全部？那肯定太多了。您的身体会受不了的。"

"我的身体也只能再撑一小会儿了，"苏丹说，"其实我这几个星期的时间都是跟上天借来的，解毒剂还能让我再支撑一会儿。"

"但当它失效时，您将失去所有抵抗能力。您会——"

"我要完成我的使命。"苏丹说着，伸手扶住了爬上飞毯但没站稳的莱珊德拉。

格温注意到，除了一把弯刀，他的腰带里还带着那华丽的长笛。"陛下，您是如何摆脱阿兹里克的卫兵的呢？我知道他们一直在监视您的卧室。"

水晶门：天空之国

"我又老又虚弱，还中毒了。他们知道我的健康状况仍然很差。"苏丹看着格温、维克爬上了飞毯，"我躺在丝绒床上，不停咳嗽，呼气让我的喉咙嘎嘎作响。他们知道我快死了，身体虚弱，所以只派了两个艾格洛尔人守卫，并且监管松懈。他们嘲笑我，认为我行将就木。我正想让他们如此认为。我拿起了我的长笛，装得像是一个希望安静演奏一点音乐的老人。"

带着狡黠的笑容，他举起了笛子。"它确实可以演奏美妙的音乐，但在我经历了几次暗杀之后，我学会了用巧妙的方法来保护自己。这种长笛也可以吹毒飞镖。我在吹嘴里放了三支。"他气喘吁吁地咳嗽，然后又猛地吸了一口气，"我用两支飞镖杀死了毫无戒心的守卫。在他们倒下之后，我知道短时间内暂时不会有人来找他们或找我。我找到了贾比尔的解毒剂，把它全吃了。随后等我体力恢复得差不多了，我把床搬开，释放了飞毯。我从阳台飞了出来救你们。我没办法联系贾比尔一起出逃，尽管我觉得他也在试图逃跑。"

"他传了消息来鼓励我们，"谢里夫说，"我们知道的就是这些。"

"您是一个令人尊敬的对手。"当苏丹为她们打开笼子时，提亚雷特说。

"你的飞毯在那儿，谢里夫。"莱珊德拉说。

一个较小的方形影子划过天空，飞到苏丹的大飞毯旁边。谢里夫帮助格温逃离了铁笼。"来。如果我们两个人坐我的飞毯，我父亲的飞毯会飞得更快。"于是两人爬上了小飞毯。

苏丹从腰带中抽出沉重的弯刀，递给谢里夫。"用这个来保护自己，我的儿子。我已经太老，身体虚弱，无法挥动它了。"

第十八章

提亚雷特像一只轻盈的猫,从笼子里跳到苏丹的飞毯上,而谢里夫的飞毯则在旁边盘旋。

"我们必须前往通往伊兰蒂亚的水晶门。"苏丹说道。

"你认为需要多长时间?"格温问。

"你带 GPS 系统了吗,博士?或许带了一两个喷气引擎?"

突然,他们听到头顶传来响亮的叫喊声,那是愤怒的艾格洛尔人在吼叫。

"谢里夫应该能够找到路。"苏丹说。

谢里夫猛地抬头看向他们头顶城市粗糙的岩石底部。"我想有人在你的卧室里发现了两个死去的守卫,父亲。"

"我本来希望有更多的时间。"

"嗯,我们现在不是该走了吗?"维克问。

"我们往哪个方向走?"格温说,"也许我们应该制订一个计划,以防我们走散。"

"制订计划?"维克叫起来,"先拉开距离,再说计划吧。"

伊拉克什响起了响亮的号角。越来越多的艾格洛尔人发出尖叫,在高塔上聚集,蜂拥而出。下方的地面,特罗达克斯也响起了警示的声音。

格温可以看到他们如云团般涌来,就像从战场上飞起来的秃鹰。"情况不妙啊。"她说。

"跟我来,父亲。"谢里夫喊道,他的紫色小飞毯在夜色中熠熠生辉。

苏丹用手指划过刺绣图案,他的大飞毯紧跟在谢里夫的后面。嘈杂的叫喊从他们身后传来。格温回头看着巨大的伊拉克什,在繁星和火光的映衬下,变成一个惊人的剪影。艾格洛尔人

水晶门：天空之国

正在沿着街道飞行，搜索整座城市，以为苏丹还隐匿在集市中。

然而，特罗达克斯拍打着锯齿状的翅膀，张牙舞爪地从火山上飞了起来。他们的红冠领袖带领着整齐划一的部队追赶而来，朝着两张逃出的飞毯凶猛逼近。格温看得出来他们随时都能赶上来。

第十九章

　　谢里夫回头看了看伊拉克什。这是他的城市,差点儿——差点儿——他就回去了。是的,他的父亲不惜牺牲一切,将他们五个从笼子里救了出来。过量的解毒剂在他的血液中燃烧,老人撑不了多久了。不管谢里夫多么想改变现在的局面,但他足够了解毒药的威力以及老苏丹身体遭受的折磨,他明白这将是他与父亲在一起的最后时光。他们还需要探讨的话题太多,他们之间要说的话也太多,谢里夫还有太多需要学习。

　　他需要知道的一件事情是,他,阿里·谢里夫,该如何承担起对伊拉克什人民的责任。这座城市已经被艾格洛尔人占领了,谁知道他的子民在特罗达克斯的袭击中有多少伤亡?阿兹里克会奴役和折磨那些幸存的人民,而谢里夫只能逃跑。这不可能!

　　另一方面,预言中力量之环中五个紧密相连的伙伴可能是唯一能够阻止阿兹里克的力量,挫败阿兹里克掠夺和毁灭水晶门联结的所有世界的计划。他们不得不离开,返回伊兰蒂亚并警告其

水晶门：天空之国

他人。形势危急，但他不会放弃希望。他希望皮里能在这里，但他很感激有格温、维克、莱珊德拉和提亚雷特一直在他身边，也很感激他父亲给予的支持。他学会了珍视自由和友谊，这远比伊拉克什领袖拥有的物质财富更重要。

伊拉克什的骚乱仍在继续。艾格洛尔人在城市周围飞行。警报声此起彼伏。从地面飞起的特罗达克斯以两张飞毯为追踪目标。拉顿国王和他的手下终于明白苏丹已经逃跑了，他们抓捕的目标正在飞离这座城市。

可还没等他们飞远，宫殿的阳台上就出现了一个小小的身影。凭借敏锐的视力，谢里夫认出了那是穿着柔和的落日色彩长袍的维齐尔。贾比尔也挣脱了禁制，他挑衅地叫喊，声音异常洪亮。他抬手，电光在指尖跳跃。谢里夫听到了古老的语言，即使是从远处也看到了他的手势，顿时明白了这位伟大的维齐尔在做什么——使用空气魔法。贾比尔正在召唤风暴。

一阵风吹到谢里夫的脸上，从他们身边掠过，飞向空中之城。维齐尔呼唤着风在他身边聚集，最后形成暴风，将长翅膀的士兵包裹进去。艾格洛尔人尖叫着拍打翅膀，追逐的阵型被打破。

暴风将拉顿国王和他的随从们拦了回去，让飞毯迅速逃离追击范围。但是暴风掩护只持续了一分钟，宫殿里的艾格洛尔卫兵就从后面扑向贾比尔，把他从阳台上拉了下来。他的注意力被扰乱，咒语失效。暴风消散了，艾格洛尔人借助着强有力的羽毛翅膀再次追击。

谢里夫看到特罗达克斯率先赶上。由猩红色头冠领袖带头，这群长着蝙蝠翅膀的掠食者排成一列，如空降兵一样直冲上来。

第十九章

特罗达克斯首领发出嘶嘶的咆哮声。他拍打着绷紧的翅膀,发出在风中拍打皮革的声响。

谢里夫驾驶着飞毯,格温坐在他身后。他们以最快的速度一路狂奔,却在辽阔的夜空中无处可躲。谢里夫觉得即使耗上一整夜,他们也无法摆脱特罗达克斯的追击。这些无情的掠食生物会不断拍打翅膀追击,直到精疲力竭。在领袖的带领下,特罗达克斯成为一支精悍的进攻部队。

维克、提亚雷特和莱珊德拉坐在苏丹的大飞毯上,而苏丹将手置于飞毯的阿伽线纹饰上方,驾驶飞毯紧跟谢里夫。因为谢里夫自己就是钥匙,所以他可以感应到通往伊兰蒂亚水晶门的方位。不幸的是,拉顿国王背弃盟约,艾格洛尔人接管伊拉克什之后已经改变了空中之城的航向,前进了很远的距离。伊拉克什离它原本的位置已经太远了。学徒们现在没有机会回到伊兰蒂亚了——至少没办法通过先前那扇水晶门回去了。

特罗达克斯首领潜入飞毯下方,加快速度直奔王子而去。苏丹拿出了他的宝石长笛。谢里夫知道他父亲的长笛里还剩下一支毒镖,但这只特罗达克斯有皮革般厚实的皮肤,部分还覆盖着鳞片,并且这个首领的骨制头饰能保护他免受像针一样微不足道的东西的伤害,所以无论毒镖多么致命都无济于事。

特罗达克斯首领与紫色飞毯越来越近,他扇动着锋利的双翼,挥舞着爪子。谢里夫和格温低头闪避,差点从飞毯上掉下来。格温扑倒在柔软的飞毯上,这个掠食者伸出翼爪撕裂了她的衬衫。特罗达克斯首领用力合上了长长的锯齿状下巴。

谢里夫握紧父亲的弯刀,准备在他再次发起进攻时,反击这只巨大的掠食者。另一个特罗达克斯完美地配合着他的首领,跟

· 127 ·

水晶门：天空之国

在他身后。其他的掠食者似乎不会思考，只是跟随着首领飞行。

然而，还没等那个长着猩红头冠的特罗达克斯再次袭击王子的飞毯，老苏丹用尽最后的力气，在飞毯上站了起来。他双手举起，声音嘶哑地喊道："这里！这边。"

"不，父亲！"谢里夫大声叫喊，但老人吸引住了特罗达克斯首领的注意。

"他只是个孩子，无足轻重。我是苏丹。你需要的是我。"

特罗达克斯首领拍打着带刺的尾巴，改变了进攻方向。谢里夫知道他的父亲一定想要为了他牺牲自己，但这位老人根本不是特罗达克斯的对手。他能做什么呢？苏丹一手拿着宝石长笛，蹲坐在毯子上，等待特罗达克斯首领的进攻。

谢里夫举起弯刀，改变航向，朝父亲飞去。

迎面飞来的怪物伸出爪子，俯冲而下。维克坐在苏丹身边，正在想办法保护他们，苏丹厉声说："现在你必须驾驶这块飞毯。飞到安全的地方。"

"等等。我以前从未驾驶过——哇，酷。好的，我会尽力——"

"不。你可以做到。"苏丹说完，突然转身面对迎面而来的特罗达克斯首领。

提亚雷特似乎早已准备就绪，扑向这个生物，恨不得用自己的手挖出他的眼睛。苏丹将她推回飞毯上。

"这里！"他再次冲着有翅膀的掠食者大喊。在最后一刻，苏丹挺直了身子，让自己成为了一个完美的目标，特罗达克斯首领伸出爪子一把抓住了老人，从大飞毯上掳走了他。

谢里夫大叫，却说不出话来。当特罗达克斯首领将苏丹举到

第十九章

  他锯齿状的下巴跟前时,他父亲深吸一口气,举起镶着宝石的长笛,设法瞄准了特罗达克斯首领,然后向笛子中吹出一阵尖锐的气流。在如此近的距离内,最后一支毒镖击中了特罗达克斯首领嘴里柔软、脆弱的部位。

  这个生物尖叫着收回爪子。谢里夫的父亲抓住特罗达克斯的爪子,以防自己掉下去。伴随着哀嚎和咆哮,这只飞行的捕食者不断下落。毒药见效很快。特罗达克斯首领痛苦地尖叫起来,猛然坠落。

  "好好活着,我的儿子。"苏丹用最后一口气喊道。

  毒液侵入特罗达克斯首领的大脑后,他的翅膀痉挛,再也无法飞翔。随着首领从飞毯旁边坠落,其余的有翼生物也盲目地跟在他身后,跟着他们的国王下降。

  在黑暗中,谢里夫很快就看不到他父亲的身影了。

第二十章

维克听见谢里夫因为父亲的逝去哭得声嘶力竭,无助而绝望。与此同时,攻击他们的特罗达克斯大军追随着他们垂死的首领纷纷飞离。但维克只能全神贯注地驾驶飞毯,无暇顾及其他。这时候他希望自己能有一本用户手册——尽管实际上他也很少花时间去看说明。他用手指描绘飞毯刺绣的线条,努力召唤自己的魔法。他努力回想着在伊兰蒂亚从谢里夫那里看到的皮毛手法,以及在伊拉克什的维齐尔那里学到的东西。

当然,他必须做到。如果失败了,他们全部都会坠落。所以他非常愿意尝试。他很快就弄清楚了怎样能让飞毯从一侧移动到另一侧,怎样可以让它以令人呕吐的角度向下俯冲,以及怎样把飞毯迅速拉升到一个陡峭的高度。从某种意义上说,这一切都有规律可寻,而且比他在家里玩的复杂电子游戏要简单得多。维克觉得完全没问题。

但现在问题来了,他看到艾格洛尔人在他们身后追击,距离

第二十章

越来越近。

"特罗达克斯回来了。"莱珊德拉指着下方说。

提亚雷特站了起来,双脚踩在飞毯柔软的表面。"而且艾格洛尔人也快追上来了。"

格温搂着谢里夫的腰。这个年轻人现在专心致志地驾驭他的飞毯,为大家指引方向。

"离水晶门还有多远,谢里夫?"维克问,"我们能赶在他们追上来之前抵达吗?"

谢里夫回头看了他一眼。他们并驾齐驱,耳边可以听到数百个特罗达克斯和艾格洛尔士兵愤怒的吼叫。"还要半天。"

莱珊德拉长长的铜色头发在风中飘动,拂过她的面颊。"就算是在伊兰蒂亚,我们也必须经过长途航海才能到达正确的位置。"

维克以最快速度驾驶着飞毯。他回头看了眼乌泱泱一片的艾格洛尔人,他们紧紧攥着手中的武器。下方失去了首领的特罗达克斯正散乱无序地飞来。他们的队伍不再整齐,但维克知道即使没有特定的命令,这群怪物依然很危险。

阿兹里克对特罗达克斯的首领掌控得当,可以阻止这些生物杀死这五个朋友。不过,他们的首领已经死了,维克认为这些有翅膀的掠食者可不会为撕碎学徒感到内疚。另一方面,如果他们再次被艾格洛尔人捕获并押回阿兹里克面前,情况可能会更糟。世界的命运就此决定。

"如果我有我的法杖,哪怕是随便什么法杖在身边,"提亚雷特说,"我也能奋力一搏。"

"如果我有火箭,"维克说,"那我就可以用它把我们都发射

水晶门：天空之国

出去，谁都追不上。"

"如果愿望能实现，乞丐早就发财了。"格温说。

"谢谢你啊，博士。用谚语来打趣是你现在能做的最有用的事吗？"维克大声说。突然，维克灵光一现，想到他能做些比耍嘴皮子更有用的事情。"等等。既然我们到不了真正的水晶门，难道我就不能创造一个新的吗——要是我还记得是怎么操作的。"

"当然可以！"格温叫起来，"集中注意力，你这个分心博士，带我们离开这里。"

维克深吸一口气。艾格洛尔人不断逼近，声音如同雷鸣，而特罗达克斯也在下方吱吱作响，这些都让他无法集中。但维克必须做到——在空中创造一扇新的水晶门。这是力量之环赋予他的特殊能力。

"你一打开门，我们就必须马上飞过去，维克斯，"提亚雷特说，"我会运用能力马上把门关上。我们不能让艾格洛尔人或特罗达克斯跟着我们穿越水晶门。"

"快点。"莱珊德拉说。

维克全神贯注。他想着他的同伴们，想到他们必须马上去警示他的父亲、大圣者卢比卡斯和五行会。他的朋友们现在需要的是一条回到伊兰蒂亚的秘密通道，他们必须立即从这里到达那个地方。

闪闪发光的洞口在天空中一出现，谢里夫就驾驭着紫色飞毯越过了洞口。格温紧抓着飞毯金色流苏的边缘。

"我们来了。"维克说着，让飞毯加速穿过通道。眼前的天空光线微暗，飘浮着蓬松的云彩，冉冉升起的太阳映照在海面闪闪发光。他们来到了另一个世界，与伊拉克什的时间也不同，他们

第二十章

的下方是一条簇拥着建筑物的海岸线，旁边是一个停满船舶的港口。

"一击即中！"他说，"我竟然让我们直接回到了伊兰蒂亚。"

在飞毯的后方，提亚雷特面对临时开启的水晶门举起双臂，迅速一挥，就像关上了一扇大门那样。水晶门微微一闪便消失不见，仿佛从未存在过。

在快速思索之间，格温立即打开一扇窗户查看他们通过水晶门逃出生天后伊拉克什的状况。

伊拉克什的夜空中，拉顿国王和他健硕的随从仍在拼命追赶。他们可能不明白发生了什么事情，但他们似乎感觉到五个学徒已经逃跑了。暴躁骚动的特罗达克斯撞上了艾格洛尔人的首领，随后双方爆发了冲突。拉顿似乎在对他们咆哮。

几名艾格洛尔人和特罗达克斯从空中坠落，彼此依然刀剑相向，棍棒相加。拉顿率先飞过刚才飞毯所在的位置。无声的影像中，艾格洛尔人之王发出了愤怒的吼叫。

格温关上窗户。

终于脱险，维克既想放松地瘫倒，又想兴奋地蹦蹦跳跳，同时又想大喊。谢里夫却一脸狼狈，一言不发，直接驾驭着飞毯朝伊兰蒂亚飞了过去。维克跟着他。他知道他们暂时安全了，但伊兰蒂亚仍然处于危险之中。

第二十一章

成功脱险的学徒们回到伊兰蒂亚后,全岛所有的重要人员都被紧急召集到五行会大厅议事。格温很高兴看到大家这么快就聚齐了。奎司塔斯长老带来了学徒们的水晶匕首,并把坚不可摧的法杖归还给了来自阿非里克的女孩。提亚雷特在会议开始的间隙与奎司塔斯进行了严肃认真的谈话,毫无疑问,她向他们讲述了阿兹里克可能会使用的各种形式的攻击。

格罗克萨斯、凯莎和桑达斯一到达大厅,就直奔莱珊德拉,紧紧地把她拥在三人中间。布拉德西诺伊斯舰长带着他的一群船长进入了圆形大厅。此后不久,卡普叔叔就到了,接着是走路叮当响的葵母圣者波勒普和盖达普,还有反叛的梅隆人乌尔巴和他的一些长着鳞片的同伴。皮尔斯博士冲过去搂住格温和维克不撒手,哪怕伊瑟亚长老已经宣布会议开始,他也不愿意放手。

谢里夫直挺挺地站在那里,用沉默维护自己的骄傲,却显得孑然一身,他的左手搁在父亲弯曲的刀柄上。格温意识到残酷的

第二十一章

命运给予了他那么多的东西，却无情地从他身边夺走了更多。母亲早逝，兄长被杀，父亲和姐妹们的冷漠，这一切造就了这个年轻人的性格。他筑起了一座堡垒，将自己的所有情感都封存起来，后来，日积月累的相处才让他慢慢对自己的朋友们敞开心扉。再后来，他的小精灵皮里从身边被夺走；以为奥菲恩杀害了皮里，这位王子假装骄傲的盔甲被一步步打碎。

经历了皮里的回归和学徒们从梅隆人手中九死一生的逃离，谢里夫已经成长了，内心发生了变化。紧接着，他得知自己是力量之环的一部分，明白自己比他以为的更重要之后，皮里再次离开了他。就在苏丹展示了作为父亲对他毋庸置疑的爱的那一刻，谢里夫却永远失去了他。格温陪着谢里夫痛哭了一场——这对她来说很奢侈，因为她很少放纵自己释放悲伤——她想知道他是如何承受住这接二连三的打击的。但当他橄榄色的眼睛与她相遇时，格温看到了里面蕴藏的力量。

在卡普叔叔的对面，谢里夫靠近格温，握住了她的手。格温忽然明白了，现在谢里夫的沉默不再是封锁自己情绪的堡垒，而是他破蛹而出、从男孩成长为男人的过程。她也意识到了自己、维克、莱珊德拉和提亚雷特都在经历着类似的变化，不可否认的转变。

格温强迫自己把思绪拉回到当前的紧急情况。维克刚刚向在座的人概述了伊拉克什发生的事情。格温随即对长老们描述了她和维克是如何"打造"了一个力量之环，并且他们已经发掘了自身的一些新技能。谢里夫详细讲述了他父亲的死讯，莱珊德拉叙述了他们的逃亡经历。

"也就是说，"维克总结道，"阿兹里克将召集他的所有盟友，

水晶门：天空之国

囊括海陆空的军队，全面进攻伊兰蒂亚。我们确信他的队伍里涵盖了艾格洛尔人、特罗达克斯，所有的梅隆人以及被他们奴役的所有生物。"

"并不是全部梅隆人，"乌尔巴说，"很多梅隆人并不效忠于疯狂的巴拉克国王。至于他那个从伊兰蒂亚地基发动攻击的计划，葵母和我的子民已经清除了岛屿下方墓穴里的所有熔岩炸弹。至少这个危机已经解除。"

"即便如此，"提亚雷特说，"我认为阿兹里克很快就会发动进攻，最多几天之内。"

"这个说法并非毫无依据。"乌尔巴头上的鳍如波浪般晃动，"我的人告诉我，近期巴拉克的梅隆士兵有动作，已经启程了。"

"那我们如何确定他们袭击的时间？"海拉莎问。

"我的探子不能冒险，以免太早暴露自己。但梅隆军队逼近时，他们会想办法警告我们。"

佩康亚斯长老清了清嗓子："那阿兹里克的空中军队呢？他们会在梅隆人之前、之后还是与他们一起到达呢？"

"也许我们能帮忙看看他们的计划。"格温向空中挥了挥手，一扇窗户出现了，上面是阿兹里克，几只特罗达克斯，还有艾格洛尔王。

仔细听了几秒后，莱珊德拉转述了他们的话。

"是时候把你剩下的人带来了，"阿兹里克说，"我希望明天这座城市到达水晶门附近时，他们都能就位。我们将从这里通过水晶门，直接对伊兰蒂亚发动空袭。当然，我可以将自己的外形变成艾格洛尔人或特罗达克斯，但我相信我现在的形象更能震慑住那帮圣者。毕竟，我是有史以来最强大的巫师。"

第二十一章

特罗达克斯和拉顿国王挥动着翅膀行礼,然后飞身离去。而阿兹里克懒洋洋地敲击着他的指尖。格温关上了窗户。

"事情紧急,"布拉德西诺伊斯说着走上前,"但凡有可能,我们决不能让阿兹里克的空中军队到达伊兰蒂亚。他们更难缠。至少目前他们还只是在另一个世界里,像装在瓶子里一样。"

"但那个瓶子的瓶颈就是水晶门本身。"提亚雷特说。

"所以,在入口处阻止他们,嗯?"维克问,"有点意思。"

"但请注意,"提亚雷特说,"虽然我可以关上水晶门,但只要阿兹里克手里有钥匙,他就可以一次又一次地打开它。"

"即便如此,"布拉德西诺伊斯说,"与其被动地等待我们的所有敌人都来到伊兰蒂亚,不如前往水晶门,在那里准备战略抵御或许更有用。"

长老们石雕椅上的玫瑰状决议水晶点亮了,表明提议一致通过。

一身金袍的资源长老看了看其他议会成员,"那么就决定了?"帕西马尼亚斯干脆地说。

伊瑟亚长老表情严肃。"是的。五行会决定到水晶门部署防御。"

"大圣者卢比卡斯,我们需要你和你的学徒们。"奎司塔斯长老说。

海拉莎不耐烦地摇头。"我们必须汇聚所有最聪明的圣者,召集最勇敢的战士,配备最强大的武器。把我们的敌人牵制在水晶门。这样,我们就不必在伊兰蒂亚与他们交锋了。"海拉莎长老站了起来,"通知舰队,舰长,我们在日落时分启航。"

水晶门：天空之国

在准备启程的间隙，格温、维克和他的父亲在卡亚拉的水箱前驻足。维克的父亲一直沉浸在他的防御项目研究中。维克知道他、格罗克萨斯圣者和葵母一直在努力研究几种武器。他父亲设计的手枪大小的弩被称为箭弩，在平民中很受欢迎。他的团队还强化了波勒普的格罗吉普斯之火，衍生出数百种武器，并将它们安装在几个作战航舰、港口北部边界的悬崖上以及伊兰蒂亚周围的其他战略地点。"恐怕我们并没有我以为的那么有时间来拯救卡亚拉，"维克的父亲坦白地说，"可想想看——如果我们不救伊兰蒂亚，我们也会失去卡亚拉。"

"我明白的，父亲。保卫伊兰蒂亚，再是拯救母亲。"维克把手伸进水里，摸了摸冰珊瑚，"我很想念你，母亲。很抱歉我们在伊拉克什因为外界的影响没有什么进展。我本以为空气之灵能帮助我们，抑或是大图书馆会有线索。"

"别担心，儿子，"皮尔斯博士说，"我们已经掌握的信息和线索比你想象的多。我们一群圣者和葵母集思广益，想出来了很多可能的办法，还列了张表。现在我们只完成了该列表三分之一的内容。"

维克心里有种感觉，确保伊兰蒂亚安全无虞之后，他们就会找到复活母亲的方法。他给了他父亲一个鼓励的笑容。

格温说："谁知道呢？既然泰兹和我是预言中的孩子，那么也许当一切尘埃落定时，就会发现我们的新技能之一就是解冻冰珊瑚。"

维克耸了耸肩。"可不是吗？怪事年年有。现在，就让我们认认真真对付阿兹里克的进攻计划吧。"

第二十二章

日落时分，舰队准备启航，格温和她的朋友们主动提出乘坐飞毯，先行绕岛巡逻。莱珊德拉、提亚雷特和维克乘坐大飞毯，而格温和谢里夫则一起坐在他那张较小的飞毯上。

自从五人匆匆赶回伊兰蒂亚，并向众人预警，这里本就周密的防御更加小心，加之舰队整装待发，伊兰蒂亚的警惕性空前高涨。瞭望塔用水银镜和风水晶闪烁着信号。

"我们巡逻还有同伴呢，"维克说，"看。"他向下指着防波堤远处，有一些水波纹越过一堆堆岩石和砾石，向着海港外缘延伸。

格温咬着下唇。"阿兹里克能这么快就到了？"

"不可能。"维克一口否定，但他的声音不像他的话语那么肯定。

"据乌尔巴说，如果是梅隆要向岛屿发起全面进攻，他的线人会发出警告。"莱珊德拉说。

水晶门：天空之国

"话虽如此，我们还是要做好准备，"提亚雷特回答，"我真高兴拿回了法杖。"

格温看到港口平静的海浪已经开始向外翻腾。在他们下方的不远处，一群有鳞生物仰起带鳍的头颅。他们的厚嘴唇上满是针齿。梅隆士兵浮出水面，睁大裂开的眼睛环顾四周。

谢里夫和维克都驾驶着飞毯升高，在高空盘旋，从更安全的距离观察情况。

"好主意。"格温说。提亚雷特抓住了法杖，仿佛期望着与敌人近距离肉搏。

在更远处的水域中，一个蜿蜒扭曲的脑袋浮出水面，升起巨龙一样的脖子。格温噎住了。他们之前曾与梅隆人的巨型海蛇交战过。"他们怎么按兵不动？"她问。

莱珊德拉从口袋里掏出一张魔法卷轴，这是她为了在水晶门前作战而特意带来的。她飞快地念完卷轴后说："变！"维克挑眉表示疑惑时，她解释道："这是翻译咒语。我认为最好让我们所有人都能清楚梅隆说了什么。"

一名身着华丽盔甲的梅隆男人骑在巨蛇头顶背甲的金属板上，他一身绿鳞又带有黑色豹纹。又有六只海怪浮出海面，每只海怪身上都有一名全副武装的战士。格温猜想这些应该是梅隆贵族。

"巴拉克国王就在这些人里面，"谢里夫说着，将一只手放在他身边的弯刀上，"他化成灰我都能认出这个梅隆疯子。"

"我们真是受够这样的疯子了。"维克说。

提亚雷特指了指一个外表光滑的梅隆女人，她手里还拿着一把尖尖的三叉戟。"还有黄金皮。我曾希望能再次打败她。"

第二十二章

"开玩笑吧你。"维克哼了一声,"我再也不想见她了。"

"或者任何梅隆人。"格温补充道。

鲨鱼在海里打转,三角鳍像匕首一样划破波浪。一支梅隆军队确实到达了——对伊兰蒂亚来说确实是威胁,但不是格温以为的具有压倒性力量的大规模进攻。

虽然梅隆人给伊兰蒂亚的子民带来了极大的痛苦和无数的伤亡,但格温无法憎恨整个水族。梅隆首领陷入了狂热,但善良的乌尔巴又向他们展示了并非所有的梅隆人都被阿兹里克腐化。并不是每个海底居民都想要摧毁伊兰蒂亚岛并且杀死陆地居民。

巴拉克高举着一根镶有多刺海胆的镀金长权杖,威胁地咆哮着,声音嘶嘶作响:"伊兰蒂亚会沉没。我们将把它炸毁,粉碎你们的建筑,把每块石头都扔进水里。你们都完蛋了。"

梅隆士兵游近防波堤。

"如果他们想要强攻上岸,我们就必须与他们战斗。"提亚雷特说。但巴拉克并没有下令全面进攻。

"阿兹里克很快就会回来,"国王说,"你们根本无力反抗我们的联盟力量。"

格温看着她的堂弟和其他学徒。"那么问题来了,他为什么不等阿兹里克回来呢?为什么巴拉克现在就出现在了这里?"

"从战术上讲,他的行为很不明智。"提亚雷特说。

"我认为他就是哗众取宠,"维克说,"他讨厌坐在那里干等,只能摆弄他的鳍。他知道阿兹里克要来了,他想通过吓唬我们来抢先一步。"

"巴拉克国王不耐烦了。"谢里夫同意道。

格温很容易就想明白了事情的原委,梅隆王心急等不及指定

水晶门：天空之国

的日子。他满腔怒火需要发泄，于是召集海蛇、鲨鱼，带着梅隆士兵来到这里，捶胸脯，耍威风。她难以置信地摇摇头。"就像熊孩子想要提前拆开他的生日礼物。"

维克笑了："你还叫我分心博士呢。"

巴拉克高高地骑在他的海蛇上，在空中挥舞着他的海胆权杖。"当阿兹里克到来时，所有的陆地居民都会灰飞烟灭。我们梅隆人将夺回我们的世界。准备好迎接你们的覆灭吧。"

维克作呕。"我在漫画书中读过更好的邪恶天才的演讲。"

"我一直期望着伟大的战斗，"莱珊德拉说，"但未来还有很多的事情，现在……现在不是时候。"

突然，在巴拉克纠集的梅隆队伍后面更远的水域发生了骚动。更多的梅隆人浮出水面，一排排全副武装的战士向着巴拉克的水下士兵的方向挺进。滑溜溜的黑鲸慢慢地破水而出，将他们厚厚的鳍伸出水面。四头黑鲸齐齐翻滚，拍打鱼鳍，发出雷鸣般的水花声。

"哦哦。增援部队，"格温说，"现在我们有大麻烦了。"

"不——不是增援，"谢里夫纠正道，"那些是梅隆反叛军。"一头黑白相间的逆戟鲸浮出水面，背上坐着一个梅隆人握着鲸鱼背鳍。"是乌尔巴。"

"不是所有的梅隆人都跟你一起疯狂，巴拉克，"乌尔巴喊，"你对我们的城市施压，把西什的荣誉卖给了一个暴君。我们将为保护我们自己和伊兰蒂亚与你对抗。巴拉克，你的军队里有很多我们的人，你的一举一动我们都一清二楚。"

站在两边的梅隆人警惕地看着对方。巴拉克命令着海蛇转向，在空中挥舞着他的海胆权杖。"叛徒！你们都会被处死。"

第二十二章

"要是你做得到，先揪出在你队伍中的间谍。"乌尔巴挑衅道。鲸鱼猛烈撞击，表明梅隆反叛军已准备好与巴拉克的军队正面冲突。

"为什么乌尔巴会透露他自己的人在巴拉克的梅隆士兵之中？"莱珊德拉大声说出自己的疑问。

提亚雷特露出会意的微笑。"太妙了。乌尔巴虽然只安插了几个眼线，但他知道这个梅隆国王是个偏执狂。现在巴拉克会怀疑他的每一位将军，疑心他的每一个士兵。"

维克和格温却对这个巧妙的策略嗤之以鼻。

当光滑皮肤的鲸鱼将身体埋入水中时，巴拉克的鳞片士兵已经准备好与它们战斗。乌尔巴一声令下，鲸鱼们起身将喷水孔转向耸立海面的海蛇和骑在他们身上的梅隆指挥官。突然，出乎意料的爆炸声响起，鲸鱼们喷射出一股股强力的水柱，直击巴拉克。他被冲下了坐骑，掉到水中。

海怪的长脖子在持续的水流冲击中缩了回去。鲸鱼再次潜入水中补充海水，一次又一次地冲出水面攻击他们的对手。黄金皮和其他梅隆将领也被水柱冲下坐骑。巴拉克冒出水面，看上去慌张受挫。

"水并不能给梅隆人造成伤害呀。"提亚雷特困惑地指出。

"受伤是没有，"格温说，"但是巴拉克显然因此受到了羞辱。"

现在乌尔巴和他的军队已经到来，形势对巴拉克不利，他俨然没有继续纠缠的兴趣了。巴拉克抓着他的豹纹海蛇，再次喊道："阿兹里克到达之际，我们就会把这座岛屿磨成瓦砾。我会找出混迹队伍里的间谍，把他们都抓起来，将所有叛徒赶尽

水晶门：天空之国

杀绝。"

　　鲸鱼们又发起一次水柱攻击。海蛇潜入水下，而进攻的梅隆人则随着他们的首领撤退隐没于水中。

　　乌尔巴和他的军队游来游去，守卫着港口。学徒们观察着，期待着更多的惊喜，但海浪变得平静。巴拉克和他的梅隆士兵确实已经撤退了……暂时撤退了。

　　"相信我，那只是个热身。"维克说。

　　"对我们来说也是如此。"谢里夫说，看起来很冷酷。

　　"我们最好登上那些船，前往水晶门，"格温说，"阿兹里克要来了。"

第二十三章

当战舰靠近通往伊拉克什的水晶门,格温感到压力在她体内积聚。圣者斯尼格米提亚、阿巴卡斯、波勒普和其他许多人在整个舰队的不同船只上。她的堂弟和卡普叔叔、莱珊德拉和她的父母以及提亚雷特就在附近的雷霆之盾号战舰上,与大圣者卢比卡斯一起。维克带着大飞毯和他们一起,谢里夫准备好了自己的小飞毯。

格温和谢里夫定期挥手示意。格温知道如果有需要,她可以给他们写纸条传递信息。她和维克都带上了长老们给他们的魔法笔记本。丝歌丽信使鸟和阿奎特娃娃鱼不断地在舰船之间穿梭,传递信息。

乌尔巴和他的梅隆士兵与舰队一起行进,警惕着从下方接近的敌人。在圣者皮尔斯的建议下,几艘航舰在水下部分安装了透明的观察窗。窗口材料与大圣者卢比卡斯的水箱相同,卡普和葵母对观察窗进行了加固优化,使其能承受更大的压力。

水晶门：天空之国

　　战舰有舰长布拉德西诺伊斯护航，还有这么多的圣者、梅隆军队以及五行会，再加上力量之环，格温本以为她能稍稍有些安全感。但战争之中没有安全可言，她和朋友们现在都身处前线。
　　不仅如此，她的脑海中还不断出现预言的只言片语——"两人将终结暴君的统治""誓为服务和保护""让邪恶无所遁形"——这些都在提醒格温和她的堂弟以及力量之环的其他人在战胜阿兹里克时将发挥至关重要的作用。"长老们声称这是最后一战——他们将彻底打败阿兹里克，让他没有翻身的余地。"
　　站在光明战士号战舰栏杆旁的谢里夫说："幸好他们终于决定先发制人，而不是等着被攻击。"
　　收起那些乱七八糟的想法，皮尔斯。格温默默地责备自己。数百个世界中的数十亿人都指望着你。对，就是这样——别给自己施压了。她大声对谢里夫说："我也觉得。你准备好了么？"
　　他苦笑着看了她一眼，说："是的，除了还不清楚自己的特殊能力之外，我准备好了，我们还有其他选择么？"
　　当然，他是对的。她急促地呼出一口气，让自己冷静下来。"我想在这种时候陷入自我怀疑是在自我放纵。"
　　他挑了挑眉，给了她一个赞许的眼神。"我觉得我的子民可以从你刚才那句话里得到一句传世名言。"
　　不再讨论之前的话题，两个学徒走向了船头，布拉德西诺伊斯舰长正在与海拉莎长老和帕西马尼亚斯讨论军事战略。每个长老都带着一筐子魔法卷轴，将它们按照可能的先后使用顺序排列整齐。
　　"你们有武器吗？"海拉莎问，"是我给你们的匕首么？"
　　格温拿出她的匕首，随手一挥，向防御长老展示。谢里夫举

第二十三章

起他的弯刀，指着夹在腰间带子上的箭弩。现在大多数平民和学徒都携带了手持武器。这似乎让布拉德西诺伊斯很苦恼。"希望事情不会发展到需要用到我们手头带着的这些箭弩的地步。我们这艘船上有一支整编的弓箭手部队，更不用说还有几十个新晋圣者和旅历圣者可以协助我们。"

谢里夫缓缓摇头。"每个人都必须有所准备。阿兹里克行事向来出人意料。他甚至还抓住了皮里。"

格温看出来了，谢里夫的一番警示对这位舰长几乎没有影响，毕竟他非常自信，行动力和能力也确实很强。他从不觉得会输。

"谢里夫说得有道理，"她说，"这支舰队中，每艘船上的每个人都应该做好准备，与从那扇水晶门进来的所有生物战斗。"

"我倒觉得负责后援的文职人员不需要参加战斗。"布拉德西诺伊斯说。

"舰长，"海拉莎对他露出严厉却并无敌意的神情，"伊兰蒂亚已经没有所谓的'文职'了。任何不愿意上战场的人都已经通过水晶门安全地离开了这里。留下的所有人——他们都是我们的士兵。"

当舰船终于抵达通往伊拉克什的水晶门时，他们立即摆出防御阵型。格温立即打开一扇窗户，窥探另一个世界里阿兹里克和他的军队的行踪。虽然她还没有弄清楚如何精确控制自己的技能，但格温还是设法打开了一个足够大的窗户，就像电影院的屏幕一样浮现在领舰上方，让舰队中的每个人都能看到。这个过程对她来说就像呼吸一样自然。

在影像中，数以千计的有翼生物聚集在广阔的沙滩上，他们

水晶门：天空之国

中有的是羽毛翅膀，有的是皮革翅膀。"他们很快就会到这里，"谢里夫说，"以飞毯的速度计算，那个图像所示地点距离水晶门只有几分钟的路程。"

看到一名艾格洛尔人夹带着维齐尔贾比尔飞进了视野，谢里夫低声咒骂了一句。影像中，贾比尔手脚都被捆绑住，鼻青脸肿，头部几处伤口肉眼可见地还在流血——这些都是他遭受折磨的迹象。阿兹里克骑着巨大的特罗达克斯站在艾格洛尔人身边，腰间挂着发光的瓶子，皮里就关在里面。他似乎在对翼兵军队大声呼喊着什么。

在离光明战士号不远的雷霆之盾号上，莱珊德拉向大圣者卢比卡斯汇报了阿兹里克的讲话，而维克在他的小笔记本上潦草地记下了她说的话。格温从她自己的笔记本上读出了维克以最快速度转录的所有内容。*准备钥匙。今天，我们将征服又一个世界。*

知晓了阿兹里克计划的第一阶段与她来自阿非里克的朋友有关，格温记下了几个词，祝提亚雷特好运。维克从另一艘船上挥了挥手，然后将格温的信息传递给了走上前的战士女孩。

"还有一分钟左右。"谢里夫一边说，一边检测军队的前行距离。

"我们就不能直接关上水晶门吗？"帕西马尼亚斯长老问。

"我觉得不行，"格温说，"维克可以创造新的水晶门而提亚雷特可以关上新水晶门。我可以窥探其他世界的影像，而莱珊德拉则可以听见影像中的声音。但到目前为止我们没人知道如何让一扇水晶门一直处于关闭状态。"

"即使我们能够做到，我的子民和皮里还在黑暗圣者的掌控之中。我不想让他们永远都处在邪恶的阿兹里克的魔爪下。"谢

第二十三章

里夫指出,"我一定要想办法救他们。"

"敌军已经抵达。"帕西马尼亚斯长老说。

布拉德西诺伊斯向其他船只发出信号。

抓着贾比尔的艾格洛尔人悬停在空中,下肢的爪子紧紧缠住他。阿兹里克似乎对贾比尔喊了些什么,又或者是对着艾格洛尔人喊话。抓着贾比尔的艾格洛尔人加大了力度,贾比尔的落日纹长袍上出现了细小的血点。终于,一扇水晶门打开了,像碎玻璃一样闪闪发光。艾格洛尔人和特罗达克斯朝着门飞去。就在即将抵达之际,提亚雷特砰的一声让大门在他们面前关上了。在格温的影像窗中,俯冲的士兵们困惑地扑腾着,他们漫无目的地飞过一秒钟前水晶门所在的位置。此时格温意识到将影像窗一直开启十分消耗魔力。阿兹里克的脸上闪过一丝恼怒。格温竭力地维持住影像窗。黑暗圣者再次下令,水晶门再次出现,提亚雷特故技重施,再次在飞行军队穿过之前关上了水晶门。

这种情况又上演了三次。见此,布拉德西诺伊斯说:"扰乱他们的计划让我们有了充分的战斗优势,现在是时候大干一场了。"

"让门打开吧,"海拉莎同意道,"也许当他们通过水晶门后,他们就会放开钥匙。"她挥手示意提亚雷特停止动作,这位来自阿非里克的少女离开了雷霆之盾号的船头。

虽然因为反复使用力量关闭水晶门,提亚雷特已经感到疲倦,但她将法杖举过头顶并旋转了几次,表明已经为战斗做好了充分的准备。

水晶门又开启了。仿佛知道战斗终于打响一般,画面中的阿兹里克冷笑着看装着皮里的那个交替发出紫色与褐色光的瓶子,

水晶门：天空之国

然后笑着下达了无声的命令。他骑着的巨大的特罗达克斯向门口猛扑过去，无数的特罗达克斯和艾格洛尔人紧随其后。

格温已经筋疲力尽，她关上了窗户。海拉莎和帕西马尼亚斯展开了他们的第一个魔法卷轴，而布拉德西诺伊斯则立即向其他船只发出命令。格温一手拿着箭弩，一手握着水晶匕首。在她身边，谢里夫举起了他的弯刀。

与阿兹里克的大战已经打响。

第二十四章

五行会的五位长者分别在三艘战舰上对着魔法卷轴念出咒语。他们全力迎击着从谢里夫的世界穿过水晶门而来、冲向船只的特罗达克斯和艾格洛尔人大军。莱珊德拉之前一直在转述格温打开的影像窗中的对话，突然，她感觉到头晕目眩，虚弱无力，脑海中有画面一闪而过：海浪和海蛇，梅隆人和飞行生物，船只和飞毯，以及四面楚歌的长老们和圣者们。她伸手抓住了维克。"今天形势不好，会出大事，维克斯。"

"别担心，莱珊德拉，"维克给她鼓劲儿，"我会努力成为穿着铮亮盔甲的骑士保护你的——或者至少是穿着马裤的骑士。"他对着她咧嘴一笑，拉扯着他那飘逸的宽松裤子。"我会全力以赴。"

"我也是。"莱珊德拉从脖子上挂着的小瓶中喝了一口绿色能量液，这个魔法小瓶中的能量液永不枯竭。喝完之后，莱珊德拉感到魔力又回到了她的身上。她将小瓶子递给了提亚雷特，关闭

水晶门：天空之国

水晶门消耗了提亚雷特大量的魔力。"我的事儿还没完呢。"

喝完之后，提亚雷特将小瓶递还给莱珊德拉。"我随时准备接受战斗的考验，"她说着，举起她的法杖，并指着夹在腰带上的箭矢，"我今天会为我的第一场出击找一个好对手。"

"你可有得选了，"维克说，展开苏丹的大飞毯，"我们走吧。"

莱珊德拉的父母带着圣者波勒普和皮尔斯到船尾准备大炮。每个人都各司其职，准备迎敌。长着翅膀的人和怪物模样的特罗达克斯源源不断地掠过敞开的水晶门从伊拉克什的天空来到海面上空。

维克伸手抚过飞毯上刺绣的纹路，让它升到空中。伙伴们看清楚了逼近的敌军。

阿兹里克志得意满地骑在一只特罗达克斯背上前行，那是莱珊德拉见过的最大的特罗达克斯。他的翼展比老苏丹用毒镖杀死的特罗达克斯首领的还要宽。这位首领身亡，阿兹里克毫无疑问地成为了"羊群指挥官"，或者特罗达克斯所称呼的大将军。尽管这些有翼掠食者有着蝙蝠般的翅膀，却有着模糊的人类外表，但现在阿兹里克骑着他，就好像他只是一头坐骑。她知道黑暗圣者为了达到目的，可以毫不内疚地奴役任何生物——包括人类。想到伊拉克什这个空中之城在他的暴虐统治下的惨状，她不禁打了个寒战。

成百上千的艾格洛尔人在拉顿国王的率领下穿过水晶门，同时还有阿兹里克和那只拥有锋利双翼的特罗达克斯。连接两个世界的通道敞开着。

"提亚雷特，你能不能现在把水晶门关上不让更多的军队通

第二十四章

过?"莱珊德拉问。这时飞毯升得更高了。

黑皮肤的少女摇了摇头,用力地咬紧了牙关,腮帮子都鼓了起来。"关不了。似乎有活物通过的时候,水晶门就关不上了。"

"要是我们知道怎么封印水晶门就好了,"莱珊德拉沮丧地说,"但这就意味着放弃伊拉克什的人民了。"

"不一定。"维克说着,驾驭飞毯在舰队周围画出一条宽阔的弧线。"如果需要,我总能打开一扇新的水晶门——我已经成功一次了。那样我们就可以解救所有——"

提亚雷特金色的眼眸亮了。"让我们先赢了眼前这场仗,再考虑其他的吧。"

一连串的箭矢从下方的舰船冲天而起,有的箭头还在燃烧。因为两个物种的翼兵密密麻麻地布满了整个天空,所以每个尖锐的倒钩都能击中一个目标。中箭的特罗达克斯和艾格洛尔人掉进海里,他们中的许多已经死了,其余的猛烈挣扎一番后,也在水里淹死了。其中以艾格洛尔人居多。因为他们厚厚的羽毛被浸湿之后,就再也无法漂浮了。

"啧啧,"维克说,"好在我们离得远,不然还会被误伤!我们最好远离火线。"他看着一只艾格洛尔人坠落,他的翅膀正在燃烧。"火线,我就是字面意思。"

拉顿国王怒吼着,召集了他的士兵,俯冲而下。

一些战士试图绕过船只从侧翼进攻,提亚雷特和莱珊德拉用箭矢阻止他们的行动。

在圣者波勒普的指挥下,战舰上的大炮集中攻击艾格洛尔人大量聚集的区域,爆发出了蓝白色的火焰——这是葵母研制出来的炮弹,是魔法和化学强强结合的成果。五行会成员在不同的战

· 153 ·

水晶门：天空之国

舰上通过信号旗的协调配合施法，念诵着卷轴中的咒语，施展出强大的魔法。他们施法变出了死亡泡泡、炸裂电火球、毒雾和狂暴旋风，袭击了飞行的攻击者。

翼兵大军迅速失去了阵形，局面变为彻底的混战。莱珊德拉认为这正是艾格洛尔人最想要的。更多的箭矢攻向上空。飞毯上，莱珊德拉额外带来了一筐箭矢，但此时她看着成群的飞行生物在阿兹里克强悍的主力军周围盘旋，她开始怀疑即使每个人都能对付一个，他们的准备也是否真的完备了。

战斗持续着，莱珊德拉看到一只长着角的巨大铠甲海蛇的头部浮出海面。一个梅隆士兵骑在它的背上。

"现在把水晶门关上，提亚雷特。"莱珊德拉说。

"啧啧，等所有的马都跑完了，就开始讨论关马厩的事吧。"维克说着，朝一只离群的特罗达克斯射出一箭。"他们的大部队都已经在这儿了，为什么还——"

"为了切断他们的后路，以及阻拦增援。"提亚雷特回答。她全神贯注，默不作声，但已经有几只特罗达克斯越过水晶门，从另一个世界来到这里。他们从天而降，飞向低空，接触了潮湿的空气和凉爽的温度。

海蛇向着波光粼粼的水晶门冲去。经过之前的旅行，莱珊德拉知道门的另一边，与波涛汹涌的深蓝色海洋连接的是广阔的荒地和圆形沙丘。她极速地环顾四周，以为会看见其他的梅隆人，但只看到了一条海蛇。

"那个怪物正朝着水晶门进发。"她说。

维克说："好吧，如果它试图在门那边的沙漠里遨游，那确实是让人大吃一惊。"

第二十四章

海蛇向前疾驰，留下一道白色泡沫般的尾迹。

一只特罗达克斯向他们飞来，提亚雷特在飞毯上站起身，用法杖狠狠发起攻击。

莱珊德拉灵光一现，突然明白了下面那条海蛇的意图。"它想要让自己搁浅在水晶门的中央。"

维克躲避着怪物的攻击，并竭力稳住飞毯，避免他的朋友们失去平衡。"现在关门，提亚雷特。"他喊道。

阿非里克女孩试图有所动作，但翅膀锋利的特罗达克斯仍在与她缠斗。维克一只手控制住飞毯，另一只手举起他的弩箭朝特罗达克斯射击。

与此同时，海蛇蓄势待发，猛地扑了上去。

显然，格温在谢里夫的飞毯上——光明战士号战舰的正上方——看到了正在发生的事情，她迅速打开了一扇大窗户。通过它，莱珊德拉看到海蛇的前半部分扑倒在干旱的沙滩上，而另一半则留在海中。

它在两个世界的交界处翻腾扭动，以身卡住这水晶门。它湿润颤动的鳃很快就被灰尘覆盖了。如果还留在那里，几个小时后它就会死亡。追击海蛇的梅隆战士在被海蛇猛烈的扭动压死之前就蹿了过去。随后，梅隆战士似乎被突如其来的干燥沙丘弄得惊慌失措。他跌跌撞撞地向前走去，试图将沙砾从湿漉漉的皮肤上抹去。接着，他喘着粗气，跪倒在地，最后，他挣扎着爬回水晶门的边缘，再一次跨过门槛，回到了自己的海洋世界。

虽然，海蛇像一条搁浅的鲸鱼一样被困在沙丘上，却有效地打开了水晶门，让阿兹里克可以随心所欲地来回穿梭。

看到提亚雷特还在与特罗达克斯苦斗，莱珊德拉拿出她的水

· 155 ·

水晶门：天空之国

晶刀，站起身来，将它刺入了这只生物的眼睛。特罗达克斯很快就停止了挣扎，重重地落在飞毯上。突然的增重迫使飞毯摇摇晃晃地下落，莱珊德拉和提亚雷特赶紧把特罗达克斯从飞毯上推入大海。

驮着阿兹里克的巨型特罗达克斯扇动着他像船帆一样的翅膀，在战舰上空盘旋。

"这一刻，我已经等了几千年了。"阿兹里克喊道，他的声音神奇地放大了，整个海面都能听见，"要么立即投降，要么死。无论哪种情况，我都会毁掉伊兰蒂亚。毫无疑问，我会打破封印，释放我的军队。为了胜利，我忠诚的将军们已经等待了数千年。很快，全世界都将臣服在我们脚下。"

五行会长老使用法术卷轴加强了防御。拉顿国王召集了他的艾格洛尔人军队，盘旋在战舰的甲板上空。接着，每个艾格洛尔人都丢下一个巨大的狼牙球，狼牙球撞到甲板上，碾碎了任何挡在前方的人。

维克驾驭飞毯转向雷霆之盾号战舰。

莱珊德拉看到她留着胡子的父亲将他的一个小桶滚到甲板的弹射器上。维克的父亲帮助他固定了发射器。他们用弹射器瞄准了天空。战舰的箭矢继续向上射出，杀死了一些较小的艾格洛尔人和一只特罗达克斯。阿兹里克似乎对伊兰蒂亚的舰队和武器嗤之以鼻。格罗克萨斯和皮尔斯博士瞄准目标并准备发射。

两位圣者的射击目标接近了，阿兹里克正指挥着他的特罗达克斯坐骑靠近战舰。黑暗圣者一只手保持不动，另一只手抬起，开始念咒施法。维克的父亲松开了弹射器，格罗克萨斯念出一个点火咒。小桶向着空中飞去。阿兹里克驾驭着特罗达克斯转向，

第二十四章

躲开攻击。但是空中火花四溅。大块的弹片和明亮的火花向外喷出，击中了特罗达克斯的胸口，炸裂了他的翅膀并迅速燃起火焰。

就连阿兹里克也没有预料到眼前的情况。特罗达克斯的肋骨被炸碎了。他锯齿般的长下颚张开又合上，喘着粗气，双翼无力地挥动，最后坠入水中。莱珊德拉看到他已经死了。阿兹里克掉了下来，他在半空中化作一只优雅的潜水鸟，全速冲入水中。

长老们和伊兰蒂亚的水手们看到阿兹里克从他的坐骑上掉落，发出了欢呼。艾格洛尔人见状愤怒地尖叫起来，再次发动攻击。特罗达克斯俯冲袭来，疯狂攻击战舰上的士兵们。圣者更新了他们的咒语，弓箭射手加大了箭矢反击。

"干得漂亮，父亲。"维克喊道，随即把飞毯落在甲板上。莱珊德拉又抓起两筐箭矢。

"这比我预期的效果更好，"格罗克萨斯说，"快，装更多的火药进去。"

"阿兹里克逃走了吗？"提亚雷特问，"我想自己会会他。"

"相信我，他还没走，"维克说，"我们知道他能在水里活得很好。"

莱珊德拉跑到船边，搜寻阿兹里克重新浮出水面的迹象，但并没有看到黑暗圣者。几个黑色的脑袋从水中浮现——乌尔巴的反叛军发出危险警告。

就在这时，一个一直在甲板下观察情况放哨的士兵出现了，喊道："梅隆人！"

维克叹了口气："今天注定要奔波不止了。"

第二十五章

梅隆人冲向战舰。

莱珊德拉、提亚雷特和维克回到飞毯上,升到空中,准备好他们的箭矢和水晶匕首,以及他们从伊兰蒂亚海军那里得到的长矛。他们盘旋在甲板以下的船侧,射击准备爬上战舰的海底士兵。梅隆士兵发出恶狠狠的嘶嘶声,用有蹼的手抓着船体。

维克用长矛用力击中了领头梅隆人坚硬的贝壳肩甲。他造成的伤口并不严重,但力量足以将滑溜溜的水生生物送回海浪中。

提亚雷特挥舞法杖,把另一个梅隆士兵打下船。莱珊德拉深吸了一口气。

"为什么我觉得我以前来过这里?"维克嘀咕道。

一条钝鼻海蛇从海浪中升起,掀起一阵浪花,它的身上驮着浑身湿透、目中无人的阿兹里克——他已经变回人形——阿兹里克抓住它的角保持平衡。他似乎并不在乎他的坐骑是海蛇或是飞行的特罗达克斯。他抬手大喊一声,下令进攻。

第二十五章

眼下,伊兰蒂亚战舰周围出现了数十条全副武装的海蛇。一群鲨鱼跟随左右。一拨又一拨的梅隆士兵涌现。黄金皮将军骑着她的怪物坐骑,巴拉克国王带领他们所有人。梅隆人和他们带领的海怪向伊兰蒂亚海军逼近。艾格洛尔人和特罗达克斯从天而降,再次发动攻击。

格罗克萨斯和皮尔斯博士推出了一桶桶炸药,触发了它们的引燃符文,然后把炸药推下船。格罗克萨斯之前用这种海中烟火声东击西,帮助五个学徒从梅隆城逃出生天。

虽然梅隆士兵一时被震慑住了,但黄金皮大叫着驱赶她的铠甲海蛇继续攻击。维克迅速命飞毯飞到了海蛇攻击范围之外。

在雷霆之盾号上,大圣者卢比卡斯念了一张新的魔法卷轴,创造了一道闪闪发光的屏障,为战舰打造了一个看不见的防御盾。艾格洛尔人一头撞上去,顿时失去知觉,翅膀上的羽毛被撞得七零八落。他们跌跌跄跄地试图重新调整自己的方向时,两只特罗达克斯也撞上了屏障。

"哎哟!就像鸟儿撞到窗户一样。"维克说。

巴拉克国王骑在巨大的海蛇上挥舞着他的海胆权杖。这个梅隆国王让维克想起了手舞足蹈的黑猩猩,只是要丑陋得多,身上还长满了鳞片。

阿兹里克毫发无伤,浑身滴着水,爬到海蛇闪闪发光的头上,一只手举到空中,大声召唤。巨型特罗达克斯响应了他的召唤,突然转向下落,将阿兹里克从海蛇身上拽了起来,再次将他带到空中。

先锋部队的几个梅隆士兵爬上了战舰甲板。维克驾驶着飞毯降落在船首,和莱珊德拉、提亚雷特并肩作战,保护大圣者卢比

水晶门：天空之国

卡斯和正在施展咒语的其他圣者。提亚雷特用她粗重的杖头击中一个梅隆人的鼓膜。受袭的梅隆人跌跌撞撞地翻到一边，掉入水中。

天空中不断传来爆炸声。大圣者卢比卡斯身旁的圣者斯尼格米提亚磕磕绊绊地翻阅了一张圣者卷轴，然后说："变！"一缕青黑色的毒烟浮现，在三个艾格洛尔人身前蔓延开来，他们直接飞了进去，倒抽一口冷气，咳嗽了一声，显然是吸入了致命的毒药。一个人脸色灰白，像石头一样掉进了水里。

卢比卡斯虽然施展了防御屏障法术，但飞翔的大军迅速绕过，向战舰扑去。

维克、提亚雷特和莱珊德拉继续与敌人鏖战。

谢里夫和格温坐在飞毯上，保护光明战舰号的侧身免受梅隆人攻击。

风吹在她的脸上，格温用箭射中了一个梅隆人的鼓膜。这个长着鳞片的士兵嚎叫着，不断发出嘶嘶声，后退溜回了大海。在他们周围的领航战舰上，武装的伊兰蒂亚士兵用剑砍向了梅隆袭击者。

在战舰船头，风吹过海拉莎长老和帕西马尼亚斯长老的脸，他们协力念诵卷轴上复杂的咒文，开始施展飓风咒语。阿兹里克身处特罗达克斯队伍的前方，被突如其来的风暴击退，但他用魔法拉住飞行的掠食者，迫使他们继续前进。

布拉德西诺伊斯高声呼唤，号令士兵们要站稳脚跟，继续战斗。他肌肉发达，胡子拉碴，披着深红色的伊兰蒂亚斗篷，穿着

第二十五章

铮亮的盔甲。鼓声激励士兵更加奋勇杀敌。

格温处在有利位置，便于观察，她看到战舰下方的水中有一只装甲完备的粗硕触手一闪而过。有什么东西在下面——比可怕的海蛇还要糟糕的东西。在这场超乎想象的海陆夹击中，巴拉克指挥着他庞大的梅隆部队，而阿兹里克则指挥着翼兵军队。

布拉德西诺伊斯指挥着伊兰蒂亚的守军从容应对，绝不因为两面受敌而后退。即使有战舰和圣者加持，这场保卫战看起来也胜算无几，但这位指挥官坚定不移。"我们必须把他们拦在水晶门这里！"

格温也不会放弃希望。

当梅隆人试图爬上船，谢里夫让飞毯飞近船体，取出他的弯刀砍向梅隆人。他露出渴望的眼神看向打开的闪闪发光的水晶门。伊拉克什和他所有被奴役的子民就在门的另一边。尽管他是空中之城的苏丹，现在他不得不去解决更大的难题，哪怕这让他肝肠寸断。

在第三艘战舰上，波勒普大师驾驶他的代步器，叮当作响地走过甲板。葵母圣者让桨手将船转向，方便大炮瞄准目标。

巴拉克骑在海蛇身上信心满满。有了拉顿国王和他的艾格洛尔人，有了特罗达克斯，有了他完整的梅隆军队，还有阿兹里克的统帅，巴拉克似乎更加无所畏惧了。

格温看着大炮瞄准的地方。

随着一声巨响，大炮发射出一颗巨大的炮弹，直接击中了巴拉克海蛇的喉咙并杀死了它。虽然爆炸没有击中梅隆王，但他从海怪身上掉落，发出惊愕和屈辱的吼叫。

谢里夫脸上挂着冷峻的笑容。像看到阿兹里克从空中坠落时

水晶门：天空之国

那样，伊兰蒂亚的士兵欢呼起来。但巴拉克并不像黑暗圣者那样坚不可摧。巴拉克回过神来，游远了些，潜入海里，似乎是在躲避攻击。

"这肯定让他们士气大减。"格温说。

海拉莎和帕西马尼亚斯站在一起念咒，同时提高音量。卷轴上发光的阿伽字母更亮了，狂风汇聚，形成了比他们之前制造的风暴大得多的飓风。愤怒的特罗达克斯向后拍打他们的翅膀，这让格温想起了在飓风中极力控制自己位置的风筝，但狂暴的飓风像一把无形的锤子让他们只能后退。

阿兹里克紧紧抓着他身下的有翼生物，徒劳地挣扎着，坚持进攻。他的头发和长袍像要被剥掉一样向后飘扬，他几乎抓不住了。他大声喊叫，试图拼凑出咒语，但声音被咆哮的风声夺去了。飞行大军被击退！

∽∽∽

看到艾格洛尔人和特罗达克斯被推向水晶门，维克向船头的大圣者卢比卡斯喊道："你能不能移动你的屏障，协力一起将艾格洛尔人和特罗达克斯推向水晶门那边？像攻城锤一样把他们锤回水晶门！"

老者手上动作停下。"当然，维克斯！"

尽管这块隐形护盾不足以覆盖伊兰蒂亚海军战舰，但它可以充当路障，将艾格洛尔人和特罗达克斯赶走。飓风不断地将飞行的生物推向水晶门，扔进伊拉克什空旷的天空。

"仅仅把他们弄回去是不够的，"莱珊德拉说完一脚踢开了一个梅隆士兵，"我们必须关上水晶门！"

第二十五章

　　三个朋友沮丧地看着通往伊拉克什贫瘠沙漠的水晶门。海蛇依旧搁浅在门另一边世界的沙丘上，因此水晶门一直开着。它躺在地上喘着粗气，身上覆盖着沙子，显然快要死了。

　　突然，更多的梅隆人出现在他们周围的水域中，他们骑着大鲸鱼跃出水面。提亚雷特指向远处。"乌尔巴！"

　　维克吹起口哨。"骑兵来了！"

　　反叛的梅隆人与其他海底士兵发生冲突，随后开始混战。乌尔巴带着他的大黑鲸来到了海蛇搁浅的地方。另一头鲸鱼跟了过来，两头鲸鱼张开大嘴，咬住了海蛇的尾巴，用尽全身力气把海蛇向后拖。被卡在干涸的沙地上的海蛇现在又开始被拖回水里。

　　维克对提亚雷特喊："一旦他们解决了水晶门上的生物，就马上关门！"

　　阿非里克少女已经面向水晶门站在船头。海蛇在沙丘上留下了一条长长的痕迹。它不停地抽搐着，但维克认为它巴不得被拉回大海。

　　两位长老制造的巨大风暴将大部分艾格洛尔人和特罗达克斯推回了另一个世界。阿兹里克虽然极力挣扎着，极度愤怒，但他最终也屈服了，穿过水晶门回到了伊拉克什。

<center>~~~~</center>

　　舰长布拉德西诺伊斯鼓励战舰甲板上的战士振作精神，全力应战。

　　巴拉克国王骑着一条凶猛的海蛇从水中升起，身边是他恶毒的女将军黄金皮。他咆哮着发号施令，似乎就连黄金皮都害怕看到梅隆首领接下来的举动。

水晶门：天空之国

格温坐在谢里夫的飞毯上，在光明战士号的上方飘浮。她低头看到一个危险的黑影从水中升起。一只巨大的触手扫过海面，像鞭子一样抽得啪啪作响。尖刺和破烂的盔甲被缠在布满吸盘的附肢上，接着，另一只触手上升，又一只，直到她数不清。一个球根状的巨大脑袋像一个湿漉漉的皮革包一样，从水面冒了出来。这是她以前见过的最可怕的生物之一。

战斗海怪。

眼前的海怪与之前差点毁掉伊兰蒂亚港湾的那只不同，它背上没有掌控者，它直接听从梅隆的命令。海怪迅捷地将所有的触手都缠绕在了光明战士号上。海拉莎长老勉强念出一个咒语，而帕西马尼亚斯竭力闪躲攻击。

"小心！"谢里夫说着把格温扑倒在飞毯上，躲过一只巨大的特罗达克斯的爪子。他们用箭射向这个生物，让他受伤后撤退。幸运的是，两人只受了一些外伤。

飞毯下方，海怪的触手如扭动的蛇一样，一把抓住桅杆，将其折断。重重的木杆轰然倒下，围栏碎裂。

布拉德西诺伊斯舰长站在船尾，向弓箭手和长矛士兵下令反击。伊兰蒂亚的士兵们用青铜长矛和锋利的箭射向怪物——但没有作用。

当海拉莎和帕西马尼亚斯试图召唤新的防御术时，暴风开始减弱。一条巨大的触手向他们袭来，帕西马尼亚斯尖叫着抓住了身边高挑女性的红色袖子。海怪一击粉碎了战舰的船头，粉碎了两位长老。

格温简直不敢相信她刚刚看到的。五行会的五名长老如今死了两个！

第二十五章

士兵们扔出长长的鱼叉和锯齿状的长矛，用尽一切办法驱赶这个海底巨怪，结果却有更多的触手像粗壮的巨蟒一样缠绕在战舰上。

格温和谢里夫很可能是下一个袭击目标。一条触手探向他的飞毯。他们朝它射击，但没有什么用。

布拉德西诺伊斯亲自拿起一把鱼叉，在破败的战舰上弯腰将其插进了海怪柔软多肉的头部。海怪的一条触手反射性地挥向一边，给了这位军事首领一记重击，粉碎了他的肋骨并将他撞出船外，就像女仆扫地清除灰尘一样轻松。

谢里夫驱使飞毯绕过海怪，想要回到船上。但两人还没来得及到达船上，战斗海怪就已经完全粉碎了战舰，打碎了战舰的龙骨，将碎片拉入了翻腾的水中。它的触手缠绕着战舰，像折断一把树枝一样绞烂了这艘战舰。碎片飞向四面八方。船桨也碎了。

"我们得帮忙！"格温说着，谢里夫驾驭飞毯来到水面上盘旋。两人都快速吸了一口气，随后跳入海中。水的冲击让格温有些发昏，一种熟悉的窒息感袭来，海水填满了她的肺，她强迫自己通过鳃呼吸。

谢里夫也适应了水里的呼吸，两人往下游去，远离了巨大的触手怪物。残骸的锋利木头碎片像漂浮的匕首一样在他们周围旋转。格温和谢里夫躲开那些危险的碎片，游离沉没的战舰。她在水下疯狂地划水，寻找幸存者。

在残骸和阵亡士兵的尸体中，他们发现了漂浮着的舰长布拉德西诺伊斯。鲜血从他的嘴和侧身的伤口流出来，他无力地挣扎着……他快要淹死了。

格温和谢里夫一起抓住了这个男人，齐力划水把他带到了水

水晶门：天空之国

面。这位军事首领的头刚出水面，格温就听到他咳嗽个不停。"我们会把你送到安全的地方。"她说。

"我的船！我的士兵……"

但他没有挣扎的力气。

当海怪摧毁了剩下的领航战舰后，格温和谢里夫将舰长拉到了飞毯上。她听到维克在上面疯狂呼唤她。

∽◯◯∽

主战舰沉没，两位长老战死，水域战场上似乎笼罩着一层震惊的阴影。

乌尔巴和他的反叛军终于成功把海蛇从沙丘中拽了出来，拉回了水晶门的海面。乌尔巴用梅隆语说了些什么。

看着格温和谢里夫带着受伤的布拉德西诺伊斯靠近，维克喊道："水晶门，提亚雷特！"

现在魔法飓风随着海拉莎和帕西马尼亚斯的消失而消退，阿兹里克的飞行大军中的一小群特罗达克斯和艾格洛尔人重整旗鼓，再次通过水晶门折返回来。

艾格洛尔人穿越水晶门的间隔时间只有几分之一秒，只有几分之一秒内水晶门没有生物通过——但对于提亚雷特来说已经足够了。

她砰的一声关上了水晶门，把阿兹里克和他的其余军队困在了伊拉克什，就像学徒们逃离飞行之城时那样。

维克感到不安。"他们一定会再次破门而来。伊拉克什有很多门的钥匙。他们已经找到了打开门的方法。"

格温和谢里夫与布拉德西诺伊斯一起降落在雷霆之盾号的甲

第二十五章

板上。治疗师冲向受伤的舰长。

❦

谢里夫的脑海中浮现出一些画面。看着提亚雷特关上阿兹里克和他的飞行军队面前的水晶门，谢里夫明白他可以永远封印这扇水晶门。那样，再没有人能够穿过这扇水晶门。他也知道他这样做也就是把他的族人困在了伊拉克什。尽管如此，他还是做了他该做的事情。

谢里夫举起双手，在空气中"追踪"着开口的轨迹，像橘色刺绣似的线条噼啪作响地勾勒出水晶门的轮廓。他一次又一次地用手勾勒出水晶门的外形。终于，火光褪去，水晶门被封住了。谢里夫双腿一软，他跌倒在甲板上。

"你刚才是做了我想的那件事么？"维克问。谢里夫点点头。"是，现在这扇水晶门被封住了。"

"那是一种非常重要的能力。"莱珊德拉说，将她的绿色能量液递给提亚雷特和谢里夫。

谢里夫喝了几口，维克试图安慰这个年轻人。"等到适当的时候，我仍然可以创造一个新的水晶门。"

提亚雷特说："眼下我们还要对付梅隆人。看！"战斗海怪似乎对自己的攻击不满意，继续猛砸着已经被摧毁的战舰残骸。

巴拉克国王仍然控制着触手怪物，他的主力军队正在与乌尔巴的反叛军激战。波勒普大师的大炮再次轰鸣，这一次炮弹击中了巨大的海怪。

乌尔巴和几个反叛梅隆人驱赶着他们的鲸鱼和逆戟鲸，奋力撞向触手海怪。巴拉克在黄金皮身边，坐在海蛇上，再次发出咆

· 167 ·

水晶门：天空之国

哮，不再愿意一个人继续这场战斗，发出了撤退的命令。

战斗海怪身受重伤，没入海里。海蛇猛烈攻击了几个反叛的梅隆人，随后潜水而去，放弃了这场本就落入下风的战斗。

他们现在暂时胜利了，但维克并没有庆祝胜利的心情。

第二十六章

　　战斗舰队拖着残部返回伊兰蒂亚港口,没有丝毫的欢呼。每个桅杆上都飘扬着红色的警示旗帜。包括维克在内的力量之环全体成员无比震惊:他对阿兹里克联军的攻击力度和凶恶程度并不感到意外,但他没预料到海拉莎和帕西马尼亚斯的牺牲。

　　布拉德西诺伊斯舰长仍然昏迷不醒,在甲板之下休养,由莱珊德拉的母亲凯莎悉心照顾。被摧毁的战舰上可怜的少数幸存者仍在接受治疗师的治疗。

　　维克试图安慰提亚雷特,尽管她本性坚忍,但所有人中她受到的打击最大。这个来自阿非里克的少女对海拉莎既欣赏又熟悉,两个战士般的女性之间形成了惺惺相惜的情感。

　　维克不太确定他为什么要这么做——这并不是说他在指挥所有事情——但他去找大圣者卢比卡斯说:"我们现在,呃,因为阿兹里克被封印在伊拉克什,可以暂时休息一下。舰队中的每个人都因之前失去的一切多多少少受到了打击。他们知道很快战斗

水晶门：天空之国

又会打响。所以我想我们可以在主甲板上举行简短的悼念仪式。我想这对于大家重整旗鼓会有帮助。"

令他惊讶的是，大圣者并没有提出主持悼念仪式或是操办整个事情。他只是简单地说："我会参加的。"

所以维克和格温把雷霆之盾号上的大多数人叫到甲板上，点燃了火盆，表示现在是交流时间。提亚雷特是第一个站起来说话的人。"海拉莎已经不在我们身边了。她的名字已经镌刻在《伟大史诗》中，将会被传世尊崇。"

人群中传来一阵低沉的抽泣声。提亚雷特骄傲地挺直了身子。"但她不希望我们为她哭泣。海拉莎的灵魂是由火和泽利德姆构成的。面对危险，她没有动摇，没有退缩，更没有崩溃。她曾经告诉我，从她成为防御长老的第一天起，她就做好了阻止邪恶通过水晶门的准备，哪怕是以生命为代价。她毫不怀疑会有这么一天。海拉莎牺牲了，"她直言不讳，"但她的精神之火不会熄灭，我或者是我们每一个抵制邪恶肆虐的人都会将她的意志继续传承下去。不要为她流泪——甚至也不需要为自己哭泣。"

维克微笑着听他朋友的话语。他本以为这会是一个凄风苦雨的聚会。恰恰相反，提亚雷特的讲话传递到人群中的激励效果已经很明显了。

"为我们的防御长老的生命之火唱出赞歌。在我们心中都点燃海拉莎之火，让它烧尽所有的沮丧和疲倦、自怜、焦虑、不安全感，或者任何负面情绪。我们永远不会屈服，无论我们在哪里发现邪恶的苗头，我们都必须消灭它，直到伊兰蒂亚和伊拉克什以及所有水晶门连接的世界都获得安全与稳定。"

仪式又持续了一个小时，人们一个接一个地走上前来，分享

第二十六章

与海拉莎、帕西马尼亚斯以及其他牺牲者有关的令人振奋的回忆。

舰船驶入伊兰蒂亚的港口时,海鸟在众人头顶盘旋鸣叫。

第二十七章

格温原本希望他们能有更多的时间来抚平那场灾难性的水晶门海战带来的伤痛。但战争又开始了，比他们预想的要早得多。

那是一个晴朗的正午，从各方面来看，这本该是愉快的一天。海面平静。战舰在港口和海岸线巡逻。卫兵们站在高塔上看守，随时准备用水银镜和风水晶发出信号。整个城市都在警备着下一个威胁，不过现在通往伊拉克什的水晶门已经被封印，他们确信已经暂时牵制住了黑暗圣者。巴拉克国王也没有独自挑起战斗的打算。

格温和维克与皮尔斯博士和他们的朋友一起吃午饭，谢里夫驾驭着他的飞毯来到他们面前，在离地面几英尺的地方盘旋。"我刚刚飞行巡逻了一圈。一切都很平稳。"

"太平静了，"提亚雷特说，"平静得难以置信，让人不安。"

维克紧张地笑了笑。"与梅隆人和翼龙人作战才让我感到不安。"

第二十七章

"还有看到人们受伤。"格温补充道。为了弄清楚阿兹里克的计划,她打开了几扇窗户。但在反复目睹了伊拉克什的人民遭受酷刑的场景后——而且没有找到任何有用的信息——她决定休息一会儿,之后再试。

"我不喜欢这种等待,"莱珊德拉说,"我不断地梦到可能发生的事情。但有一件事情是肯定的:我们必须以新的方式结合我们的力量,那样才能拯救伊兰蒂亚、西什和伊拉克什。并且要快,时间就要到了——就是今天,我觉得。"

一群鸟在附近的建筑物周围盘旋鸣叫,然后飞走了。听到这声音,格温下意识地吃了一惊,不过这些都是生活在伊兰蒂亚岛上的鸟,不是凶残的艾格洛尔人。她抬头看着白色翅膀的鸟儿飞来飞去,追逐着虫子,随后又四散飞去。就在此时,伊兰蒂亚的上空出现了一道道白色的裂痕,仿佛有人在虚空中织了一张蛛网。空气如同破镜一般裂开,裂缝扩大,四散开来。格温感到脊骨发冷。

"一扇新的水晶门!"莱珊德拉叫出声。

"不,"维克说,"这是我创造的那个。我还以为没了呢。"

"我关闭了它,但它显然没有消失。"提亚雷特说。

谢里夫说:"我没有封印那扇门,那时我还不知道自己的能力。一定是看到我们逃跑的翼兵告诉了阿兹里克门的位置。"

"阿兹里克需要的只是一把万能钥匙,而他已经拥有了伊拉克什唯一的一把,"格温说,"贾比尔。"

皮尔斯博士拉响了警报。伊兰蒂亚人的反应很快。瞭望塔哨兵发出警告的闪光。装甲警卫和市民跑出房屋,拿起他们为应对进攻而准备的武器,接着冲向他们在各种演习中分配的位置。

水晶门：天空之国

"你们这些孩子就去做你们需要做的事，"卡普叔叔说，"我必须去查看海港悬崖上的防御。"他给维克和格温一个拥抱，冲了出去。

水晶门越开越大。格温向后仰。她盯着穿门而来的巨大物体，张大了嘴巴。因为伊拉克什和伊兰蒂亚岛一样大，所以它的移动似乎非常缓慢。然而格温知道阿兹里克一定以飞快的速度在推动它。当这座城市穿过维克的新水晶门时，水晶门的边界不断扩大以容纳这座城市通过。伊拉克什像一座巨山一样悬在头顶。

一个沉重的阴影笼罩了整个伊兰蒂亚。格温知道，即使大圣者卢比卡斯用他剩下的所有魔法卷轴来制造一道防护屏障，也无法形成一面足以抵挡这座空中之城的盾牌。

格温迅速打开了一扇通向伊拉克什城市的小窗户。他们都盯着它看。巨大的伊拉克什中央宫殿有许多阳台和通道，阿兹里克正在王宫议事厅外，把那里作为指挥台，指挥这场势不可挡的进攻。他钳制住了维齐尔贾比尔。这个巫师看起来伤得比以前更重了，浑身血迹斑斑。格温知道阿兹里克或拉顿国王一定加重了对维齐尔的折磨，也许还折磨了他的家人，直到他打开了通往伊兰蒂亚的新水晶门。

现在空中之城已经穿过水晶门，艾格洛尔人从他们的栖息处飞了起来，离开了塔楼、尖塔和屋顶，蜂拥而至，加入另一支军队。他们的数量似乎比格温以前见过的还要多。她猜想，阿兹里克在舔舐自己海战失败的伤口时，就已经从漂浮海藻林中召来了援军，就是拉顿统治的艾格洛尔人。他一定把所有的翼人都纠集了过来。特罗达克斯的数量似乎也是无穷无尽。这确实是最终决战了，格温看得出来。阿兹里克会召集他的所有奴隶，所有的

第二十七章

特罗达克斯和艾格洛尔人。他甚至可能违背了一些伊拉克什人的意愿。但他不会再冒失败的风险。

但在城市完全穿过水晶门之前,他停止了前进的动作,城市飘浮在了门中。这迫使水晶门保持打开状态,方便阿兹里克和他的所有军队随意来回穿梭。阿兹里克站在阳台上施展他的古老魔法。雾气从水中升起,凝结成旋涡状的云团,膨胀飘浮,但没有被海风吹散。

"这里面有熟悉的气息。"莱珊德拉说。

"他就是在哗众取宠。"维克说。

迷雾变幻着形状,最后形成了黑暗圣者阿兹里克的巨大身影。他那模糊的脸庞还是那副年轻的模样,蓝绿色的眼睛闪闪发光,高高地笼罩在伊兰蒂亚的上方,比几栋相互堆叠的建筑物还要大。他的表情是仁慈的,几乎是和善的。

"他看起来像个空气之灵。"当格温关上影像窗时,谢里夫说。

阿兹里克开口了,他柔和的声音再次神奇地放大了。"现在投降,成为我忠实的臣民。白白送命将毫无意义。借此机会拯救自己。我向你们保证,我将对你们施以仁慈。"声音随后变得刺耳,"可若你们胆敢抗拒,将死无葬身之地,再无转圜余地。"

随着黑暗圣者的声音响起,莱珊德拉的脸色变得苍白,钴蓝色的眼睛瞪大了。"我在梦中见过——阿兹里克的巨大身影在城市上空若隐若现。"

"至少你现在知道这意味着什么,"维克说,"他只是一大袋风——不是实体。"

"一个指挥着庞大军队的风袋。"格温说。

水晶门：天空之国

　　从港口附近的悬崖上，大炮向着黑暗圣者的巨大影像开火。
　　"蠢货！"阿兹里克怒吼道。雾蒙蒙的巨大脸庞变成了雷云。密密麻麻的特罗达克斯和艾格洛尔人朝伊兰蒂亚俯冲而来，就像一场恐怖的蝗虫瘟疫。

第二十八章

伊拉克什不祥地笼罩在伊兰蒂亚岛屿上空，阿兹里克的威胁宣言还在空中回荡，海面又再度遇袭。伊兰蒂亚人争先恐后地进行最后的防御准备，力量之环成员们赶紧拿起了他们的武器——棍棒、箭弩、收集起来的磨镜制造的阳光炸弹、水晶匕首，当然还有谢里夫的弯刀和提亚雷特的法杖。朋友们搭乘两张飞毯，再次兵分两路。谢里夫和格温向着战舰即将启航的港口疾驰而去。维克、莱珊德拉和提亚雷特也加速出发了。他们五人会运用他们的魔法和他们的创造力来协助战斗。现在伊兰蒂亚的所有人都必须齐心协力。

梅隆人浮出海面，巴拉克国王和他的女将军黄金皮骑着庞大的装甲海蛇。梅隆战士在海浪中游动前行，准备冲进海滩和码头。数以千计的巨鲨向前冲去，张开血盆大口，露出锋利的牙齿。这一次，巴拉克还带来了来自海洋最深处的其他可怕怪兽，他将它们从海底深沟中召唤出来并用水魔法控制了它们。

水晶门：天空之国

格温不仅看到了那只摧毁战舰并杀死两位长老的残暴海怪，而且还看到了另外两只海怪。在维克和格温刚从地球颠簸来到这个世界不久时，梅隆人就对伊兰蒂亚发动过一次袭击。在那次袭击中，一只战斗海怪对岛屿造成了可怕的破坏，无数船只沉没在港口边缘的深水中。这一次，面对如此多的海蛇、三只海怪，以及三倍于之前的梅隆士兵，格温明白伊兰蒂亚要面对的是一场苦战。

而这还没有考虑阿兹里克和飞行大军从天而降可能会造成的破坏。

"我们应该从哪里开始？"格温问谢里夫。

他让飞毯停留在准备启航的战舰旁。"我们可以在水面与他们交战。"

"好的。"格温同意，虽然她很紧张。她低头看了一眼。"我们之前在水下就遭遇过战斗海怪。情况还能再差到什么程度？"

"我能想到很多更糟的情况。"谢里夫说，但她没有要求他再详细说明。

奎司塔斯长老在雷霆之盾号上等待任务。谢里夫和格温提出要飞到他们上方，作为瞭望员帮助防守。海拉莎和帕西马尼亚斯长老双双阵亡，布拉德西诺伊斯舰长身受重伤，无法指挥战斗，剩下的长老们和伊兰蒂亚圣者们就必须接手所有的任务。在经历了这么多的磨难之后，治学长老那温暖的眼睛显得有些忧伤和困扰。"我会接受这场战斗中的任何人提供的任何帮助，虽然我知道帕西马尼亚斯长老总是持怀疑态度，但我已经看到大圣者卢比卡斯的学徒们展示出的惊人能力，我永远不会看低你们。"

"我们不会让您失望的。"格温说。

第二十八章

　　战舰以迅猛的速度和力量冲出码头，锋利的船头划破水面，驶向巴拉克国王的海底大军准备发动大攻势的地方。

　　在驶向港口出口的三艘小船上，大圣者卢比卡斯、伊瑟亚和大师圣者阿巴卡斯念诵法术卷轴并施展隐形路障魔法，设置了闪烁的路障，封锁覆盖了大部分水域，但他们没有足够的力量阻挡整个水道。尽管如此，他们还是制造了一个瓶颈，梅隆人和他们控制的海怪向前冲去，就撞上了无形的封锁线，只能被迫徘徊。这暂时拖延住了他们，但时间不会太长。

　　在奎司塔斯长老的指挥下，加上谢里夫和格温在高空指引，一位伊兰蒂亚船长驾驶雷霆之盾号加速向前。他们很快就接近了梅隆部队，看见越来越多的黑暗丑陋身影从海底深处升起，向他们袭来。

　　"看来巴拉克国王为这次袭击准备了一些惊喜。"谢里夫说。

　　除了三头巨大的铠甲海怪和十多头疾驰而来的巨大海蛇外，三头恐龙一样的长脖子怪兽也在海浪之上昂起弯曲的脑袋，在阳光下闪烁着鲜红的眼睛。它们张开嘴，又用力合上。格温认为它们看起来像是尼斯湖水怪或是被称为蛇颈龙的史前生物——都是黑暗海底最深处的怪物。

　　在水面所有的鲨鱼鳍中，其中一只背脊向上弯曲着划过水面，它灰色的皮肤上有豹纹。这只巨兽的体形一定比地球上最大的鲸鲨还大十倍，可惜它并不像格温在海洋生物学中研究过的鲸鲨那样是一种以浮游生物为食的温和鱼类，它长满利齿的下颚宽得足以吞下一艘小船。

　　"深海生物都需要这么大的牙齿吗？"谢里夫大声问。他和格温轮流向奎司塔斯长老大声描述观察到的情况。

水晶门：天空之国

舰船用大炮攻击，向最大的目标投掷强大的格罗吉普斯之火。一声巨响，炮火击中了巨鲨，它可能受伤了，迅速潜入水中。但由于梅隆人施加在身上的魔法，它被迫继续战斗。海蛇撞击着最外围的战舰，虽然有圣者施展法术加持，伊兰蒂亚士兵也在奋力投掷鱼叉击退怪兽，但这群海洋敌人依然让伊兰蒂亚遭受重创。格温投出了一颗阳光炸弹。

一只战斗海怪故意向一艘小船发起攻击，因为那船上载着一位正在施展护盾法术的圣者。惊慌失措的圣者在触手将要抓住他之前弃船躲避。他的法术失效了，一部分闪烁的路障消失了。在雷霆之盾号上，奎司塔斯长老拿出了大量魔法卷轴。谢里夫和格温俯冲而下，到船上各自拿了几个卷轴，准备尽自己的力量去加固法术屏障。

在他们到达梅隆大军和手持锋利三叉戟的黄金皮及其坐骑——一条高耸的海蛇所在的位置之前，战舰周围的水域开始冒泡。一种长着锋利鱼鳍并以此当作翅膀的小鱼出现了。它们把大眼睛能看到的一切都当作食物，锋利的针状牙齿可以撕裂木头、布料和肉体。数以百计的生物跃出水面，像蝗虫一样扑向战舰。

"飞翔食人鱼！"格温叫出声。

谢里夫表情阴郁。"它们上次差点杀了我们。"

甲板上的士兵大叫着，纷纷跑去拿武器。贪婪的鱼群开始咬烂船体、栏杆和桅杆。每只桨上都缠着五六条飞翔食人鱼，桨手几乎举不起来船桨。它们咬断了木桨光滑弯曲的边缘，还有其他飞翔食人鱼吞噬了船舵，更多的去袭击了船帆。

谢里夫和格温迅速念诵了他们手头所有的保护魔法卷轴，驱赶了数十只飞翔食人鱼，将它们击晕，迫使它们远离战舰。其他

第二十八章

人扑倒在甲板上，用箭矢射击鱼群，可他们手上的武器似乎不足以对付这么多数量的食人鱼。飞翔食人鱼不是巴拉克国王的攻击主力，但它们却牢牢牵制住了奎司塔斯长老的战舰。

海蛇向前挺进。黄金皮举起她的三叉戟，发出一声响亮的吼声。坐在海蛇上的巴拉克国王发出疯狂咆哮，似乎在宣告他的最终胜利。艾格洛尔人和特罗达克斯开始了对伊兰蒂亚的全面进攻。他们已经进入内陆，破坏了塔楼、屋顶和街道，追逐那些用长矛、箭矢、火炬和家用咒语还击的人。

格温希望她的堂弟以及另一条飞毯上的朋友们都平安无事，并能成功抗击敌军。然而眼下一百多只飞翔食人鱼从海中升起，开始撕扯船帆，她已经自顾不暇了。有些食人鱼开始追赶飞毯，几条危险的鱼已经咬住了她的袖子和衬衫背面。她和谢里夫用他们带来的沉重棍棒将它们击飞。

绕过了无形的路障，许多海蛇和三只战斗海怪纷纷朝着内港冲去。格温清楚，一旦它们到达码头和海岸，后果将不堪设想。紧接着更多的梅隆士兵冲锋向前，开始爬上其他战舰，用锋利的武器和伊兰蒂亚的士兵展开肉搏战。在这样的形势下，即使集齐所有圣者的魔法以及武器和智慧，格温依然想不到这个岛屿该如何破局，战胜敌人。五彩缤纷的烟花在空中绽放，火花四溅，烟雾缭绕。水下传来巨大的轰鸣声，将一些海底袭击者赶了回去。谢里夫把飞毯放在甲板上。就在奎司塔斯长老念起保护咒语时，格温驱逐了几只意图攻击他的食人鱼。咒语生效，食人鱼就看不见奎司塔斯长老、格温和谢里夫了。

"格温雅，现在有件事，我必须一个人去完成。"谢里夫一边说，一边拍打着跌落在甲板上的食人鱼。

水晶门：天空之国

格温摇摇头。"我跟你一起去。"

"不。这是我必须面对的危险，你和奎司塔斯长老留在这里会更安全。"格温还没来得及反对，谢里夫就驾驶着飞毯升入空中离开了。

战斗形势很惨烈。

在港湾入口，黑色的影子从海面显现。长长的木桅杆出现在视野里，上面覆盖着腐烂的湿帆布。巨大的沉船覆盖着藻类，船身上布满了藤壶和贝壳，船上站满了喘着粗气的梅隆人，他们看起来就像幽灵船上淹死的水手一样。眼前这二十五艘航船在沉没之后留在了海底，曾经引以为豪的帆船已经腐烂了。此时此刻，通过一些未知的梅隆魔法，它们都被带回了海面。

尽管它们看上去似乎都没办法漂浮在水面，但这些曾经沉没海底的航船现在正全速前行，撞上了一艘伊兰蒂亚战舰。另外两艘沉船把镶嵌着奇怪珊瑚的炮口转向岛屿，然后发出巨大的爆炸声，发射出刺眼夺目的金色炮弹。这种炮弹里似乎有热量在闪烁。

"这是水魔法。"奎司塔斯长老说。

当炮弹击中伊兰蒂亚的建筑和码头时，耀眼的银色爆炸释放出魔法冲击波，点燃了毁灭性的火焰，烧焦了木头，蔓延到了石墙，致使房屋土崩瓦解。

"熔岩炸弹。"格温震惊地说。

"啊，"奎司塔斯长老说，"我们知道梅隆人有成千上万的熔岩炸弹。尽管我们清理了隐匿在伊兰蒂亚底部的那些，但梅隆人一定还有剩余的炸弹。"

受梅隆人控制的沉船在发射熔岩炸弹后继续猛攻。那爆炸的

第二十八章

威力远远超过圣者波勒普改进后的格罗吉普斯之火。在不断向前的腐烂船体后面,最后一艘沉船升起。在沉船完全浮出水面之前,格温就认出了它。海水从破烂的船体流出,侧面碎裂,桅杆破损,不过这个外形格温还是很熟悉。在任何情况下,她都能认出这是金色海象号。

金色海象号船头站着一个皮肤苍白的人影,他的五官不堪入目。皮肤仿佛是由熔化的蜡制成的。他的眼睛不对称,眼里怒火沸腾。几缕黑发黏在头皮上,旁边则是一道巨大的疤痕。他的几根手指黏合在一起,却不像梅隆人那样有蹼。不,这个人遭受重伤,但还没丧命。他同样也是无情且强大的,一心准备复仇。

格温不愿承认心底的猜测,现在她充满恐惧。

"间谍奥菲恩,"奎司塔斯长老说,"大圣者的旧徒。"

"我看着他掉进熔岩里了。"格温说。

"但他是不朽的,就像阿兹里克一样。虽然熔岩中的魔法似乎对他造成了伤害,但他无法被正常手段杀死。他还活着,现在来攻打我们了。"

"就好像我们现在还需要再来一个敌人似的。"格温沮丧地说。

奥菲恩从金色海象号上大声喊出命令:"消灭伊兰蒂亚。消灭圣者。将他们全部歼灭!"

金色海象号上还配备了新型梅隆珊瑚管加农炮。更多的熔岩炸弹如雨点般落在伊兰蒂亚的美丽建筑上。巨大的雷声从头顶传来。格温击中了几只飞翔食人鱼,抬头看到了又一场可怕的魔法风暴正在酝酿。

第二十九章

谢里夫驾驭着飞毯全速向伊拉克什前进,心里感到一阵挫败。作为未来的苏丹,他没办法消解内心的沮丧,因为他知道他让伊拉克什子民失望了。整个城市都被艾格洛尔人和特罗达克斯奴役了。现在大部分翼兵都离开了伊拉克什去攻击伊兰蒂亚,谢里夫想要利用这个时机。如果他能找到他的子民并说服他们,也许他们会加入反抗部队。

尽管梅隆人、艾格洛尔人和特罗达克斯的力量非常强大,但伊拉克什人民可以加入战斗。他坚信自己一定能够做成一些意想不到的事情来帮助击败阿兹里克。他会为他的父亲和哈希姆以及所有受到邪恶的黑暗圣者迫害而痛失所爱的人报仇雪恨。

他还希望找到机会解救皮里。一想到阿兹里克抓住了她、强迫她听从他的吩咐,他就心痛难忍。他的飞毯向上疾驰。他没有与遇到的任何敌人作战,而是躲避并超越了他们。他的飞毯极其迅捷,正朝着与特罗达克斯和艾格洛尔人相反的方向前进。伊拉

第二十九章

克什,挤满了人——他的子民——现在伊拉克什仍然停留在敞开的水晶门中,成为一个巨大的活门挡。当谢里夫靠近那些熟悉的建筑时,他注意到三角旗已经磨损,遮阳篷被撕裂,市场关闭,人们被困在家中。

云层变得越来越厚。闪电一闪而过。这不是自然形成的风暴。看到阿兹里克站在宫殿高高的阳台上,观看战况,一副准备好接管城市的姿态,谢里夫猜想皮里一定就在阿兹里克附近。他向前冲去,头发因静电而噼啪作响。

闪电划过天空,阿兹里克不安地扫视四周,谢里夫惊愕地意识到这并不是黑暗圣者召来的闪电。他没有召唤风暴。这个新情况不是阿兹里克作战计划的一部分。

光融合成火花的形状,充满了空气——闪闪发光的影子与阿兹里克投射在云层上的朦胧面容不同。谢里夫心绪翻涌。他以前见过这样的影子,他开始思索。终于来了!

阿兹里克在空中绘制发光的符文来施法唤风,在强光下发出响亮的雷声霹雳。黑暗圣者明显有些不安。谢里夫下定决心,冲向宫殿阳台。威猛的巨大身影在云层中更加鲜明,穿着异国色彩服装的男女形象若隐若现。他们满腔怒火地瞪着阿兹里克。

空中渐渐显现了许多庞大的人影,对着大殿上的矮小的黑暗圣者皱眉。谢里夫现在明白伊拉克什的人们为什么心怀敬畏称呼这些强大而神秘的生物为空气之灵了。阿兹里克在过去的岁月里囚禁了好几个空气之灵,现在又奴役了皮里,所以现在到了空气之灵们报仇雪恨以及拯救皮里的时候了。

阿兹里克的注意力完全转移到了来袭的空气之灵身上。数以百计的艾格洛尔人和特罗达克斯返回了伊拉克什。空气之灵伸出

水晶门：天空之国

他们虚体的双手随意地一扫，就将众多有翼战士从空中击落；翼兵们的翅膀粉碎，羽毛烧焦，黑暗圣者的盟友坠落而亡。阴云般的人影汇聚在阿兹里克上空。

谢里夫像设定了目标的炮弹一样向前突进。阿兹里克全神贯注于驱赶愤怒的精灵，直到最后一刻他才注意到谢里夫。黑暗圣者转身看到紫色飞毯向自己疾驰而来，满脸的惊恐和难以置信。谢里夫做好了应对冲击的准备。阿兹里克企图防御，但被飞毯撞趴在铺有瓷砖的华丽阳台上。

谢里夫紧紧抓住他的紫色飞毯，再次升空，直到他看到了他要找的东西：一个带有球根状底座、琥珀色和紫色相间的瓶子。自从抓到皮里之后，阿兹里克就把皮里一直关在发光的宝石容器里，审问她，压榨她。谢里夫没有解除皮里禁制的魔法，但他可以把她从阿兹里克手中救出来。

当阿兹里克爬起来时，谢里夫俯冲下来，抢过瓶子，高兴地笑了起来。毫无疑问，黑暗圣者会继续审皮里，好摧毁伊兰蒂亚。皮里不仅因为伤害别人而受到折磨，她的生命力也所剩无几了，谢里夫知道这一点。他紧握瓶子，飞升而去。空气之灵发出不祥的闪光，继续他们的雷鸣攻击，冲击着这座飘浮的城市，让它像台风中的划艇一般无依。

"这里！"谢里夫对着离得最近的空气之灵大喊，"我把皮里救出来了。你们能把她放出来吗？"他使出浑身力气将这个华丽的宝石瓶抛向天空。空气之灵如簇拥的云朵一般围着瓶子。一阵闪光过后，他们完全溶解了瓶子，打破了咒语，瓦解了困住皮里的屏障。

她似乎突然变成了一个娇小美丽、容光焕发的年轻女士——

第二十九章

但远不止于此。她张开双臂,长发如暴风中的丝绸一般在身后飘扬,接着腾空而起。谢里夫忍不住笑了,满心欢喜。他张开双臂喊道:"你自由了,皮里。"

空气之灵出声:"来吧,皮里。你现在安全了。我们必须带你回家。"

她摇头。*我拒绝。*

"在那里,我们可以更好地保护你。"

你们没有,皮里指出。*跟谢里夫在一起才安全。*

"跟我们来。他们耗尽了我们的力量。这不是我们需要参与的战争。"

和谢里夫在一起很安全,她坚持。*他的战争,就是我的战争。*

"那你会召唤古魔法吗?"一个空气之灵问。

*谢里夫是朋友。*皮里飞到他身边。*要和朋友在一起。*

"如果这是你的愿望,"另一位若隐若现的空气之灵说,"那么这是你的权利。使用古老的魔法,年轻人。"

当谢里夫驾驶着他的飞毯飞离伊拉克什时,比他的前臂大不了多少的皮里俯冲而下,在他身边绕圈旋转。

艾格洛尔人没有与巨大的空气之灵交战,但特罗达克斯显然没有那么聪明。数十个特罗达克斯扑向空气之灵,随即被炸飞了出去。伴随着闪电炸裂,狂风呼啸,空气之灵通过水晶门涌回了伊拉克什的上空,随后消散了。但皮里留了下来。皮里自由了。谢里夫还能奢望什么比这更好的事情呢?他眼中涌出感激的泪水,但他知道自己的任务还没有完成。伊兰蒂亚和伊拉克什都需要他。

他和皮里一起加入了这场未完的战斗。

· 187 ·

第三十章

提亚雷特抱着法杖蹲在大飞毯上,维克觉得她看起来像一头准备保护幼崽的母狮。就连坐在飞毯后面的莱珊德拉看起来都凶悍异常。维克降落飞毯接近水面。维克觉得,要是梅隆人还有任何理智,那么一见到提亚雷特,他们就应该转身逃跑,而不是直面她的怒火。但话又说回来,他觉得巴拉克带领的梅隆人可没什么理智可言。

水族战士们游过水面,向着城市奔去。天空之上,艾格洛尔人和特罗达克斯继续他们的主攻,如果梅隆士兵到达了岸边,他们就会涌上街道,摧毁他们眼前的一切。

"我已经为打败他们做好了准备,维克斯,我的朋友。"提亚雷特说。

"我不太确定。"莱珊德拉说。

维克一手拿着棒子,另一只手操控飞毯,他耸了耸肩。"现在专心战斗,以后再考虑痛苦,这样对吧?"他朝着发出嘶嘶声

第三十章

的鳞片人飞去。"今天我可是拿下了不少梅隆人,"他说,"攻击他们对我来说不是什么问题。我担心的是其他事情。"

从港口的边缘,三只海怪和一队强大的装甲海蛇正朝着码头冲去;它们疾速前行,在海面上划出巨大的泡沫。黄金皮和巴拉克国王在后方指挥部队,让怪物率先发起第一波强力冲击,削弱伊兰蒂亚的防御。

再一次,乌尔巴和他的梅隆反抗军赶到加入了战斗。乌尔巴和他的梅隆部队伴随着巨大的吼声从水中升起。许多人骑在逆戟鲸和鲸鱼上,而其他人则抓着海豚的背鳍。他们闯入巴拉克军队之中,引起阵阵混乱。

"巴拉克这次不会轻易撤退。"提亚雷特预言道。

"有些人就是不长记性。"维克说。

他们遭遇了正冲向海滩的梅隆先锋队。提亚雷特发出挑衅的吼叫声,随后发起攻击,俯身在水面上挥舞着她的法杖。梅隆士兵举起海胆棒和扇形剑,与她搏斗。莱珊德拉右手拿着箭弩,左手拿着长矛,挑翻了梅隆士兵。维克加入了战斗。他用力挥动沉重的木棒,敲中梅隆人的前额。梅隆人瞬间因为鼓膜受伤而头昏耳鸣,难忍疼痛。

伊兰蒂亚人带着武器沿着海岸防御,当一些敌人到达海滩时,他们已经形成了一条防线,阻止敌军前进。

"不可能。"莱珊德拉说着,指向港口的边缘,那里有几艘幽灵船。"金色海象号!"

维克又打中了一个梅隆人,随即抬头观察战况。两艘伊兰蒂亚战舰冲锋而来,水手们快速地划着桨;魔法加持的微风鼓动了他们的风帆,帮助他们加速前行。

水晶门：天空之国

　　维克震惊地看着领航战舰的尖尖船头——格温和谢里夫一直在旁协助的那艘——直接撞上刚浮出水面的一艘腐烂幽灵船。雷霆之盾号全副武装的船头明显更加坚固，幽灵船的龙骨断裂了，木头开裂，已经腐烂破碎的船架开始解体。

　　乌尔巴的反抗军对海怪群起攻之。此时水中又浮出五个梅隆反抗军，包括乌尔巴。他骑着巨大的阔翅詹塔斯从水中升起。詹塔斯的模样很像谢里夫在梅隆城结识的巨大魟鱼。坐在詹塔斯上的反叛梅隆人不断投掷长矛和尖刺球，集中攻击着已经被格罗吉普斯之火炸伤的巨鲨。然而这时，更凶恶的怪物已经快到码头了。

　　海蛇和海怪将完全摧毁伊兰蒂亚的防御。维克可以预见即将发生的灾难，一切变化都会在瞬息之间。突然，他有了一个想法。提亚雷特重击迎面袭来的一名梅隆士兵，随即又旋转法杖刺退了另一个企图攻击伊兰蒂亚人民的水族士兵。

　　"提亚雷特，我需要你的帮助，"维克说，"既然我们齐心协力就能打败所有海怪和海蛇，那为什么还要浪费时间对付几个梅隆士兵呢？"

　　提亚雷特停了下来。"是的。那样更好。但是要怎么做呢？"

　　"我来履行我的职责，你去完成你的任务，要知道，我们五个人有特殊的能力是有原因的。莱珊德拉，我们需要你在我们集中注意力的时候掩护我们。记得吗，你说过我们需要学习新的方法来结合我们的力量。"

　　三只海怪在空中挥舞着触手，向前游去。它们的身躯如臃肿的蜘蛛一般，黄色的圆眼睛硕大而无情。海蛇拍打着水面，掀起滔天的水浪。它们多刺的鳍看起来十分凶险，鳞片上的豹斑让它

第三十章

们更显凶悍。梅隆指挥官骑在其中一只怪物身上,而其他怪物则像破坏机器一样肆无忌惮地向前。

"我们可以阻止他们到达码头——我想。"维克伸出双手,深深地吸了一口气,回忆自己之前是如何操作魔法的。那是一种简单、出于本能的运用。

一只特罗达克斯向他们飞来,扰乱了维克的注意力。

"集中注意力!"莱珊德拉说。她向特罗达克斯投掷了一枚阳光炸弹,击中其翅膀根部,将他炸成了碎片。

维克在脑海中勾勒出一个虚幻的边界,正如他所希望的那样,一个巨大的水晶拱门出现了,就像一面裂开的镜子——一扇新的水晶门,通向一个可能未被开发的陌生世界。他能将这些怪物放到一个对危险毫无准备的世界吗?维克有点儿迟疑。他想,格温可以随时查看它们的情况,确保它们不会在新世界造成严重破坏。*先顾全大局,再调整细枝末节*,他这样告诉自己。随后,水晶门在冲锋的海怪和海蛇面前大开。

还没来得及停下改变路线,怪物们就冲进水晶门消失了。此刻,它们已经到达另一个世界,那里没有梅隆族或其他人奴役它们,迫使它们造成破坏。谁知道呢?没准儿它们在那里会很开心。

提亚雷特脸上露出明亮而爽利的笑容,召唤了魔法,砰的一声关上了水晶门。前一秒水晶门还在空中闪闪发光,下一刻就消失了。敌方海军拥有的最强战力直接从战场上消失了。"好主意,维克斯。"

巴拉克国王身下的海蛇愤怒尖叫,它似乎突然表现出绝望的虚弱。在它身边,黄金皮看起来有些不安。她挥动三叉戟,命令

· 191 ·

水晶门：天空之国

梅隆士兵继续战斗。

奥菲恩指挥残破的金色海象号又发射了几颗熔岩炸弹。其中一颗在飞毯后面的岸边爆炸了，岩石和沙子被炸得漫天飞舞，维克转头看向了这个阿兹里克的心腹。一艘伊兰蒂亚战舰撞上了第二艘幽灵船，将其粉碎并让其彻底沉没。这场战斗并不是毫无希望。维克驾驭着飞毯来到岸边，一排梅隆士兵从海浪中浮现。尽管越来越多的梅隆士兵越过了防御并登上了海滩，但伊兰蒂亚的人们奋力将他们赶了回去，提亚雷特也投身于战斗中。维克看得出来形势正在逆转。

第三十一章

　　空气之灵们带着风暴和他们一起离开，天空也放晴了。但伊兰蒂亚的上空依旧充斥着特罗达克斯和艾格洛尔人。他们不断发出嘶吼和尖叫，震耳欲聋的喧嚣萦绕在谢里夫耳边。

　　在岛屿远处悬崖上的城垛上，圣者皮尔斯新安放的大炮向着空中的敌军猛烈射击，打散了特罗达克斯的队伍，杀死了无数的艾格洛尔人。不幸的是，一些格罗吉普斯之火的火焰也将一些弹药炸向了伊拉克什的下方。伊拉克什的岩基开始崩塌，大块石头如雨点般倾泻而下。大炮继续隆隆作响，拼命保卫岛屿。

　　谢里夫不能就这样看着他心爱的城市土崩瓦解，即使它还处于阿兹里克的掌控之中。他伸手循着飞毯上的阿伽线，驱使飞毯回到了伊拉克什。皮里冲在谢里夫的前面，看起来是一个发光的能量球。随着光线流动，蛋球掠过，冲散了那群艾格洛尔人，只留下了一阵棕色羽毛雨。阿兹里克已经在阳台上爬了起来。谢里夫真希望空气之灵卷走黑暗圣者，像他囚禁皮里一样，将他囚禁

水晶门：天空之国

在云端。

飞到城市的另一边，谢里夫降低高度，朝着街道大声呼喊："我是你们的王子，伊拉克什的子民。艾格洛尔人正在侵略伊兰蒂亚。我们必须施以援手。是时候反抗了。摆脱你们的看守——他们人少而我们人多。大家现在必须加入这场战斗，因为正如我们的谚语所说，'只有傻瓜才会拖延必须完成的事情'。"他低下头，大声重复他的命令，人们从家中和庇护所渐渐冒头。皮里和谢里夫一起飞过，就像小太阳一样闪耀。

城里只剩下极少数的艾格洛尔人。他们中的大多数已经离开盘踞的屋顶，前去进攻底下的伊兰蒂亚。"向所有人传播这个消息。打败敌人！"谢里夫喊道，伊拉克什崎岖的街道上，人们开始欢呼。有人从昏暗的窗户里探出头来。百叶窗被打开，男人和女人高声回应谢里夫的呼唤。没过多久，他就看到衣着明艳的商人和维齐尔冲上街头。

几个艾格洛尔人飞了下来，试图把人们赶回去，控制住他们，但惨遭失败。被压迫的伊拉克什子民朝他们扔石头和陶器，泼洒滚烫的油，投掷法杖、长矛和刀具。受袭的翼人发出怒吼，呼唤援助。

人们涌上街头保卫自己的家园，夺回伊拉克什，谢里夫对他们的成功感到惊讶。

皮里闪耀着骄傲的白光。谢里夫笑了，好奇阿兹里克看到他的计划泡汤时会作何感想。他驾驭紫色的飞毯盘旋而上，将美丽而错落有致的空中城市尽收眼底。这是他的城市。

一声巨响传来，有什么东西朝他扑了过来。他本能地躲到一边，一根镶满钉子的棍棒在空中呼啸而过，离他的脑袋就只相差

第三十一章

小指那么粗的距离。他趴在紫色的飞毯上，抬头看到艾格洛尔人首领扇动他的翅膀，每只爪子都拿着武器，准备俯冲向谢里夫进行第二次攻击。

"伊拉克什现在是我的城市。"拉顿国王吼道。

羽翼有力地挥动，他猛地一扑。谢里夫坐起身，拿起了他的弯刀。拉顿挥动他的棍棒，谢里夫躲开了。拉顿一剑砍了下来，但谢里夫用弯刀挡住。两位飞天王者的武器碰撞在一起。谢里夫在保护自己的同时还在控制飞毯，驾驭着飞毯先躲到一边，然后绕行，从伊拉克什的边缘跑到海面。

莱珊德拉的父亲将炸药射向空中，谢里夫和拉顿身边顿时火花四射。当艾格洛尔飞身追来，再次挥剑时，谢里夫巧妙地反手回击，用弯曲的刀刃击中了拉顿的手腕。这个飞行战士意外地丢掉了他的剑。血顺着艾格洛尔人的前臂流下，他的剑像一条闪光的银丝带，滚落到梅隆人在海中作战的地方。

怒火中烧的拉顿扇动翅膀，一阵疾飞，速度之快连飞毯都比不上。顺着冲来的劲儿，他伸出受伤的手抓住谢里夫的肩膀，将谢里夫拽下飞毯。谢里夫挣扎着想要举刀，但还没来得及，肌肉发达的艾格洛尔王就猛地举起谢里夫，用力抛了出去。谢里夫从高空快速坠落。

谢里夫喘着粗气，叫不出来。他正在急速坠落，冷风从他身边呼啸而过。下方是鲨鱼、梅隆人、海怪与伊兰蒂亚的恐怖激战。更可怕的是，从这个高度坠入大海，海水的冲击会让他瞬间毙命。皮里腾空而起，一团女性形态的光彩发出愤怒的闪电，噼啪作响。拉顿得意地大笑，用流着血的手高举着棍棒。就在这时，皮里释放出一股电流。电光闪耀，阵阵电流烧掉了拉顿的羽

· 195 ·

水晶门：天空之国

毛，折断了他的翅膀。这位巨型战士在空中滚动，愤怒地惊叫，最后如同石头般从空中掉落。

谢里夫也在坠落，皮里飞身追赶。但他知道，作为一个能量球，她没有实体，无法承载住他。不过，他倒还有后策。谢里夫念出绣在飞毯上的召唤符文，唤来飞毯。现在他在空中急速坠落，每一秒都更加靠近海面，他希望自己的飞毯能够迅速回应。

拉顿滚落的速度和谢里夫一样快。皮里跑掉了。谢里夫向她伸出一只手，但她已经不见了。海浪就在眼前。他看到巴拉克的梅隆士兵和海怪与梅隆反抗军正在鏖战，似乎没有人注意到他从天而降。谢里夫知道他马上要撞入水中了，便抱紧了自己，尽管他明白这并没有什么用。

飞毯以前所未有的速度在他身下飞速掠过，皮里在操控它。与谢里夫下落的速度相匹配，飞毯像一只柔软的手一样抓住了他，带着他拂过水面，随后逐渐升高。谢里夫喘着粗气，简直不敢相信他还活着，他的飞毯和皮里救了他。

一秒钟后，拉顿落入水中，因为是背部落水，他被烧伤的翅膀稍微减缓了落水的冲击力。

回过头来，谢里夫震惊地看到拉顿并没有死。不过，他落在了梅隆人的那群嗜血鲨鱼中间。艾格洛尔人在水中挣扎，试图伸直他的翅膀。谢里夫从他的飞毯上看到鲨鱼在拉顿周围盘旋。拉顿也注意到了它们，向梅隆王大呼求救。

并没有人听见。

鲨鱼分不清是敌是友，只想大饱口福，一头扎进水中，撕咬这个翼人。谢里夫看见艾格洛尔王仍在挣扎，但最终在一片血色的水花中沉入海底。

第三十二章

最后一只飞翔食人鱼被清除，这群鱼逃的逃，死的死。雷霆之盾号基本没能幸存下来，风帆支离破碎，船体和甲板严重受损。但是奎司塔斯长老命令舰队继续向前进攻。几艘淌着水的幽灵船已经回到了它们的海底坟墓。格温看到维克和提亚雷特打开新水晶门吞噬了那几只最凶悍的梅隆怪物，但陷入狂热的巴拉克国王却并没有因此退却。他大吼着命令他的梅隆士兵要为他们的事业奋战到死，然而自己却端坐在那高耸的海蛇上，旁边是情绪越来越激动的黄金皮。

丑陋不堪的奥菲恩站在金色海象号被藻类覆盖的船头，施咒并下令发射更多的熔岩射弹。格温很好奇这艘沉没多时的船的货舱里还能有多少炸弹存货。乌尔巴带领梅隆反叛军继续战斗，逆戟鲸在与受巴拉克控制的鲨鱼交战。

乌尔巴和其他几人在宽翼詹塔斯上掠过海浪，与最近的海蛇交战，将尖角长矛刺进怪物扭曲的脖子里。目睹了头顶上空气之

水晶门：天空之国

灵取得的优势和下面敌方梅隆士兵的惨败，格温期望他们确实扭转了战局，一切都开始往好的方向发展。

又有一群盟友出现并加入了乌尔巴反叛军。格温低头看到数十艘圆顶迷你船，上面载着从巴拉克武器实验室中逃脱的葵母。还有一拨又一拨的葵母也骑着巨大的克雷加海马抵达。尽管体形比梅隆人要小得多，但葵母和克雷加海马胜在数量压制。他们携带小型标枪等小武器，迅速制住了剩余的梅隆士兵，消灭了其中的许多。而梅隆士兵一反击，葵母就散开，随后又重新聚集，再向他们逼近。

奎司塔斯命令他们的战舰挺进，打算撞击金色海象号，但格温有另外的策略。"我们船上还有圣者格罗克萨斯的天空焰火吗？"

"有的，格温雅，还有两桶。"

"我觉得我们应该向金色海象号发射焰火，炮轰它的船体。"

"好主意。应该能对它造成不小的伤害。"奎司塔斯长老表示同意，并迅速派人去取装着格罗克萨斯制造的特殊化学品的小桶。

但格温更有信心。"我觉得可不只是造成伤害这么简单。要知道，奥菲恩那艘船里还有几十颗熔岩炸弹。"

"啊。"长老的眼睛亮了。

"如果我们点燃其中一个，它们全部都会燃起来。"格温直接点破。

奎司塔斯点点头。"是的，这可比撞击效果要好得多。"

奥菲恩站在船上疯狂地变换手势，召唤咒语，把这艘幽灵船的梅隆士兵集结起来。又一个熔岩弹射向空中，高高地划出一道

第三十二章

弧线，随后击中伊兰蒂亚的一个仓库。爆炸声响起，房屋在一片火海中倒塌了。

"快！"格温说，"我们的时间不多了。"

她和新晋圣者调整着发射器，改变了瞄准点，让火药桶直接飞向金色海象号。奎司塔斯向他们点了点头，他们激活了小桶上的点火符文。烟雾浮现，火花开始嘶嘶作响，炸药桶发射，以完美的弧线飞向金色海象号。

奥菲恩看到炸药桶冲向他的船舷，最后落在货舱旁边。即使格温身在远处，她也觉得自己看到了奥菲恩眼周那蜡块一般的皮肤因为不可置信而向外拉扯。火药桶还没撞上金色海象号，奥菲恩的嘴已经不受控制地形成了一个惊讶的圆圈。

最初只有一些湿木头的碎片掉落。然后真正的爆炸开始了。熔岩炸弹被点燃，释放出剧烈的光和热，随即引爆了其他的爆炸物。接着是一连串的爆炸。金色海象号爆发出滔天的火焰。在最后一瞬间，格温看到畸形的奥菲恩容貌扭曲，身体开始变形。

她还记得，当初他们在伊兰蒂亚追杀奥菲恩，这个卢比卡斯的叛徒助手在悬崖边变成梅隆人，跳入了汹涌的海浪中。现在他的身体长出了翅膀——发育不良的蝙蝠状附肢，但足以让他飞离甲板。他使劲扑腾，在金色海象号爆炸燃烧时腾空而起，飞入空中。

"他正飞往伊拉克什。他会跑掉的。"格温咬着唇角，"况且如果掉进熔岩深处还不足以杀死他，那仅靠一条船的爆炸同样也杀不死他。"她看着变形者挥动发育不良的翅膀飞向城市。

巴拉克国王看着最后一艘巨大的幽灵船被毁，召唤的三只海怪和众多海蛇也被水晶门吞噬，他脸色铁青，几乎要口吐白沫。

水晶门：天空之国

他尖叫着命令梅隆军队继续战斗。"战斗！我是你们的王。我命令你们消灭这些陆地人。"

但是现在乌尔巴反叛军的人数远远超过了巴拉克的士兵。黄金皮，他的最后一位将军，依然与这位国王在一起，但他们没有多少兵力了。这位梅隆女将军观察着梅隆反叛军和战斗中的伊兰蒂亚人。她似乎对巴拉克的军队管理能力以及天空中阿兹里克所谓的强大军队不以为然。由于了解黄金皮嗜血的性情，格温一直关注着这位凶悍的女将军。格温和提亚雷特曾在海底与她比武。

格温也知道黄金皮野心勃勃，不会甘心臣服于巴拉克，尤其是眼下巴拉克的伟大计划正式宣告失败。巴拉克现在几乎是在怒吼尖叫，让人无法理解他在说什么。黄金皮举起她那尖锐的三叉戟，让她的海蛇从发狂的国王身边微微后退。格温倒吸一口气。巴拉克没有任何怀疑防备。

黄金皮用三叉戟刺入发狂的国王的后背，接着又举起她的三叉戟，将还在扭动的巴拉克举向空中。"我已经杀死了腐蚀我们的人，"她喊道，她的话主要是对着乌尔巴反叛军说的，"我们已经获得解放——我们不需要再继续无意义的战斗了。"

豹斑海蛇现在已经摆脱了梅隆王的暴虐控制，它扭动着长长的脖子，张开下颚向折磨它的人咬去。黄金皮太乐意看见这一幕了。巴拉克还在抽搐，嘴里不断咒骂，她把三叉戟和巴拉克一起送入了海蛇张开的大嘴里。巨蛇随即咬紧下颚，将三叉戟和巴拉克一口吞下。它甩了甩头，将长满鳞片的喉咙处的巨大肿块咽了下去。

黄金皮向所有梅隆人喊道："我现在是巴拉克军队的领袖。战斗结束了。"

第三十二章

进攻的梅隆人被反叛军包围了。他们目睹了怪物失败,国王被暗杀,这突然的变故让他们茫然无措。他们不知道该怎么办。乌尔巴反叛军迅速围住他们,解除了他们的武装。片刻之间,海洋中的所有战斗都结束了。

格温环抱双臂说:"我可不觉得黄金皮是真心反抗,但她确实懂得如何生存。换句话说,她看清了风向,并找到了让自己苟活下去的机会。不过我对此可没有意见。"她发现自己忍不住笑了。

奎司塔斯长老调转战舰,向港口驶去,胜利完成任务的维克、提亚雷特和莱珊德拉正在那里等候。

第三十三章

五位学徒再次聚首,梅隆军队已经被完全击败,特罗达克斯和艾格洛尔人也几乎被消灭殆尽,他们知道是时候由他们来对抗阿兹里克了。大圣者卢比卡斯、幸存的长老们和皮尔斯博士冲到港口救治伤员,评估损失。在俯瞰海港的山丘上,维克快速地向格温和谢里夫描述了他们的冒险经历,大力称赞了提亚雷特和莱珊德拉。来自阿非里克的女孩也表示这次的战斗大家都非常勇敢。时间紧迫,朋友们讨论了他们该如何击败阿兹里克。

抬头看向伊拉克什,谢里夫第一个点出这座城市正在移动。"阿兹里克正在推动这座城市前进。"

皮里在他们身边绕圈,发出代表激动的橙色光芒。伊拉克什在空中滑翔,发出隆隆响声。维克还以为听到了驱动这座多山岛屿的巨大引擎声。伊拉克什一路飞过水晶门。空中之城的后半部分出现在了空中,这座连根飞起的城市如今给整个伊兰蒂亚投下了阴影。

第三十三章

"我一点也不喜欢这个。"格温说。

"啧啧,就这样了,也太轻描淡写了。"维克同意道。

谢里夫展开他的飞毯。"我觉得阿兹里克有一些恐怖的图谋。我们必须阻止他。"

"有了奥菲恩在旁协助,他就更加肆无忌惮了。"莱珊德拉说。

"而且暴虐残忍。"提亚雷特补充道。

这个黑暗圣者已经对伊兰蒂亚造成如此大的破坏,维克不愿意去想还能发生什么更糟糕的事情,但他知道阿兹里克总会有更邪恶的计划。谢里夫跳上他的紫色飞毯。

维克把苏丹的大飞毯铺开。"我们共同面对。如果你要去对付阿兹里克和奥菲恩,我跟你一起去。"

格温爬到谢里夫身边。"我们都有责任去面对。"

"我们五个是力量之环,这是有渊源的,"提亚雷特支持维克,"我们就是被选中的五人。正如莱珊德拉所说,我们必须并肩作战,寻找新的方法融合我们的力量。"

莱珊德拉、维克和提亚雷特一起爬上飞毯。"只要我们汇聚在一起,我们的魔法纽带就会更强。这才是正确的选择。"她说。

皮里轻盈地俯冲而下,宛如一道闪光。

维克低头看到他的父亲在岸边向他们挥手。维克双手拢在嘴边,充当扩音筒,喊道:"别担心我们。我们会处理好的。"

"我们到底要怎么做?"格温说。

维克朝她耸了耸眉毛。"我们讨论过,不是吗?现在的大方向是先去找他们,具体操作稍后详谈。"

飞毯起飞,格温握住她的泽利德姆金属坠,费力地打开了伊

水晶门：天空之国

拉克什的一扇影像窗，以便在飞行时让所有人都能看到那里的情况。

现下空中之城的人民都已经奋起反抗。他们如潮水般涌上街头，夺回房屋，将最后的艾格洛尔人驱逐出去，一个不留。然而，阿兹里克和奥菲恩此刻正站在大殿之外。伊拉克什悬在空中，发出充满魔力的轰鸣。黑暗圣者操纵着这座空中之城飘到了希塔德尔学院之上，在卢比卡斯的实验室和塔楼上方，盖过伊兰蒂亚所有的主要建筑。

"再快些。"谢里夫一边说，一边抚摸飞毯刺绣施展魔法。皮里飞行在空中，跟在他身边。

"哦，不，"格温说，看着阿兹里克的影像，心生寒意，"我想我知道他的打算了。"

听到影像中的声音，莱珊德拉说："他摧毁伊兰蒂亚的计划已经失败了。他认为现在最简单的解决办法是……"她用力咽了咽口水。

维克看着她，深深地吸了一口气。"你在开玩笑吧。"

无需进一步阐释，谢里夫补完了莱珊德拉的话："他打算让伊拉克什坠落到伊兰蒂亚，毁灭一切。"

"现在他的军队已经战败，"提亚雷特说，"他再没有什么可失去的。他会那样做的。"

"不，他不能，"维克说，"我们不能让他那样做。"

影像窗中，阿兹里克和奥菲恩张开双臂，悬浮在他们站立的阳台上方并开始念咒，而这时五位学徒还在远低于伊拉克什的半空中。

"他们说的是古语，"莱珊德拉说，"虽然我没有完全听懂，

第三十三章

但我知道黑暗圣者正在实施最邪恶的计划。"

"如果你们的水晶匕首还在身上,就拿出来。为突发情况做好准备。"格温警告大家。

突然,两条飞毯上方的天空开始坠落——或者更准确地说,是一直在他们上方盘旋的城市开始坠落。如果伊拉克什掉落地面,那空中之城和伊兰蒂亚的所有人都会灭亡。

"就是现在!"莱珊德拉大喊。

来不及细想,力量之环的五名成员整齐划一地高高举起双手,伸向伊拉克什。他们不需要匕首,魔力如同水银一般从他们身上一股股地涌向上空。闪电在这座下落城市的下方噼啪作响,皮里围绕着这股原始能量快速旋转上升。波动的气流在伊拉克什下方形成了一根闪亮的光柱,撑起了这座空中之城。

然后,一切归于平静。令维克惊讶的是,格温的影像窗还开着,影像中空中之城里受惊的人们带着希冀,小心地四处张望。

阿兹里克和奥菲恩再次来到了宫殿的阳台上。

维齐尔贾比尔站在他们身旁,戴着镣铐,嘴巴被堵住。

谢里夫和维克驾驶着飞毯进入空中之城。皮里依然精神满满,但显然比之前要虚弱些。他们一抵达阳台,提亚雷特就跳了下来,手持那无坚不摧的法杖。谢里夫和维克驾驭着飞毯在瓷砖地板上停了下来。

阿兹里克和奥菲恩转身。黑暗圣者微笑着。"很好。我非常想让你们在这里见证接下来发生的事情。我觉得你们好像不太欣赏我最近的作为?当然,你们确实不赞成——我明白我所做一切看似动机不明。我想过拯救伊拉克什,是真心这样想过的。但在眼前的情况下,这似乎是最明智的选择。我完全理解你们为什么

· 205 ·

水晶门：天空之国

会反对我。话虽如此，但我不得不对你们的干涉做出点儿惩戒，不是吗？当然，伊兰蒂亚是实现我的计划过程中最大的障碍。因此，它——以及你们中的大多数人——必须被消灭。你们明白我的意思吗？"

奥菲恩发出吱吱嘎嘎的声音，维克意识到这是他在笑。

谢里夫过去查看贾比尔的情况，而维克则警惕着阿兹里克和奥菲恩。

现在维克近距离看清了在熔岩裂缝中滚一趟对奥菲恩造成的伤害。他的皮肤一块灰白，一块猩红，表面凹凸不平，但看起来却像被燃烧熔化后的塑料包裹了一层，显得很光滑。他的两只眼睛是乳白色的，位置并不对称，也不再是原本的位置。他的整个头骨曾经一定像蜡一样熔化过，然后错位，改变了形状。

"很高兴看到你现在的外貌和内心终于匹配了，奥菲恩。我喜欢你的新形象，很适合你。"

阿兹里克的心腹被激怒了。"我要把你们五马分尸，用黑暗魔法让你们受尽折磨，而不是让你们痛痛快快地都死在大灾难中。"

阿兹里克不悦地看了他一眼。"眼界放宽点儿。我明白只是为了摧毁伊兰蒂亚就拉上伊拉克什确实不太对。所以，我会召唤火山大爆发，从海底深处召唤熔岩。一旦我消灭了所有圣者，剩下的五行会成员以及伊兰蒂亚，就没什么能阻挡我打开封印的水晶门了。到时候，我就可以释放我的不死军队。"他露出一个悲伤的微笑，"我本来希望你们都能好好活着，和我一同见证那一刻。但可惜了，世间难得两全嘛。"他举起双手。维克听到下方远处传来隆隆声。

第三十三章

"等等！"格温叫出声，"我们有你想要的东西——你需要的东西。你不能杀了我们。"

"哦，但其实我可以——至少除掉你们中的几个。要解决的问题太多了。"

"我们可以为你解决，"格温说，"有了我们的帮助，你能快速解决你的问题。我们可以和你做个交易。"

"不——我们不可以。"维克说。

他的堂姐朝他投来一个你站在哪边儿的眼神，她紫罗兰色的眼睛闪闪发光。"是的，我们可以做到。听我说，阿兹里克。"

"格温雅，住嘴！你不可以这样做！"莱珊德拉大叫起来。

奥菲恩怒目而视，他那张如同熔蜡铸成的脸仿佛一张愤怒的面具。"别听他们胡说八道，阿兹里克。他们永远不可能会帮助我们。在海底，我们和梅隆人一起见证过这一点。"

阿兹里克并不理会。"我会这么容易被小孩子欺骗吗？"

奥菲恩惊恐地后退。"不，阿兹里克。您是不可战胜的。"

黑暗圣者将他光滑的脸转向格温。"听着，在帮助我成就大业这件事情上，你之前拒绝过我很多次。你和你堂弟的实力很强。"

"你想去到那些封印着你军队的世界——你甚至企图让维克的母亲为你解开封印。"

"是的，但她竟然跟我公然对抗。继续。"

维克紧张地环顾四周，看向他的朋友们。提亚雷特显得很生气。谢里夫看起来充满希望。莱珊德拉的眼中含着泪水。

格温继续说："如果你放过我们的朋友、伊兰蒂亚和伊拉克什，维克可以为你打开任何水晶门，去选择的任何世界——创造

水晶门：天空之国

新的水晶门，就像他在天空中创造出的那扇。"

阿兹里克闻言一脸震惊，然后他的脸上浮现出笑容。"是的……当然。这样简单而优雅。"他看了一眼贾比尔，"而且我现在已经拥有了万能钥匙，可以随时使用。"

格温挥动她的手，就像在面前的空气中压平一张纸一样。"看，你的军队正在等你。"一个影像窗口打开了。寂静的画面中，无数的铁甲士兵正在一座巨大要塞外的战场上进行演练。

"你明白了么？"格温说，"我们可以让你与他们团聚。"

维克也看到了，这确实是被强大的不死战士征服和毁灭的世界之一，也是阿兹里克一直希望到达的地方之一。但因为有莱珊德拉的语音转述，他们已经知道，那里的将领们并不是在高兴地期待着阿兹里克的归来。他们恨阿兹里克曾经抛弃了他们。阿兹里克不知道的是，他曾经通过窗户看见的庆祝活动，是以他那些不死的将军和战士将假阿兹里克撕成碎片而结束的。

维克摇了摇头，努力表现出坚定的样子。"你不能让我这样做，格温。我决不会这样做。"

泪水从莱珊德拉惊恐的钴蓝色眼睛里滴落下来。"求你了，维克斯。救救我们？"她把手搭在维克的手臂上，声音降低接近耳语，"就当是为了我？"莱珊德拉一脸绝望，她转向阿兹里克。"是的，维克斯会为你打开通往军队的水晶门。"

"你确定你不需要解除水晶门的封印——而是为我造一扇新的水晶门？"阿兹里克问。

"没错，"维克说，"只要你保证不杀我的朋友，并且不用伊拉克什去撞击伊兰蒂亚——那样会害死我的父母、朋友以及生活在两个城市的无数人民。"

第三十三章

阿兹里克在阳台上来回踱步,他那双不对称的眼睛里透出一丝算计的神情。奥菲恩双手合十。"不能相信他们。"他说。

"一旦他打开新的水晶门,"阿兹里克说,就好像觉得奥菲恩没有弄明白这其中的利害一样,"被封印的水晶门就无关紧要了。而且我有来回穿梭的钥匙。孩子们,你们明白你们在做什么样的交易吗?"

谢里夫说:"难道这比让我的城市和伊兰蒂亚毁灭更糟糕吗?这样至少我们还有机会。还有希望。"

阿兹里克高兴地站直了身子。"那好吧。那我就暂缓毁灭计划——暂时的。你知道,要让我放过伊拉克什和伊兰蒂亚,那么我需要的可就不止一个世界了?"

维克点点头。"我早就想到了。"

奥菲恩斜身靠近黑暗圣者。"三思啊,阿兹里克——值得吗?你为了摧毁伊兰蒂亚已经筹谋很久了,眼下,它就在我们的掌握之中。"

"我的最终目标从来没有变过,"阿兹里克说,"也许你并没有非常深刻地了解我。"他转向维克,他古老的眼睛充满期待。"那么继续。打开一扇新的水晶门,让我与不死军队重聚——当然,还有奥菲恩。"

莱珊德拉如释重负地轻轻哭泣。

"不行。"提亚雷特举起法杖,想要阻止维克,但阿兹里克手指一弹,将她推了回去。

维克站在显示敌方战士影像的发光窗口附近,张开双手集中注意力。他的魔法瞬间发挥作用,闪光在空中形成一道新的水晶门,通往那个被毁坏、受到诅咒的世界。维克正在帮助阿兹里克

水晶门：天空之国

实现他怀揣了五千年的梦想。

无形的空气碎片散开，忽然之间，他们听到了一声巨大的轰鸣，响彻云霄的惨叫声和武器的咔嗒声。热量和气味涌入了伊拉克什的天空。阿兹里克抓住贾比尔的锁链，就要将他拉向新的水晶门。

维克想到了他心爱的伊兰蒂亚，在那里他认识了很多人，他父亲还在那里，他的母亲还被困在冰珊瑚中。"等等！"当阿兹里克抬脚准备跨入水晶门时，维克叫住了他，"你得先告诉我怎么解封我的母亲。我该如何破解冰珊瑚咒语？"

阿兹里克得意地看了他一眼。"我想帮你，真的。"他扬起眉毛，"或许等你为我开启下一个世界的时候……？"

这残忍的话语让维克心中一沉，尽管他本来对黑暗圣者也没抱什么希望。

他回头看了眼格温的影像窗。不死士兵们注意到了水晶门，都冲了过来，咆哮起来。"快点，"格温说，"不能让他们都跑出水晶门到阳台上来，阳台会塌的。"

奥菲恩犹豫了。"我可以留在这里，阿兹里克——完成军队集结后，你就可以回来统治伊拉克什。"皮里闪烁着耀眼的光芒，投射到黑暗圣者的脸上。

突然间，提亚雷特按照计划将奥菲恩推向水晶门，其余四人也开始行动，他们一起把奥菲恩推过去。阿兹里克忽然明白了他们原本的意图，大叫一声，想要对他们施法。但他们五人的魔法相连，在空气中形成了一个涟漪般的能量护盾。一股强风把阿兹里克和奥菲恩吹向水晶门，皮里趁机飞速将维齐尔贾比尔的锁链从阿兹里克的手中撞开。提亚雷特当即施展魔法。

第三十三章

门关上了。在影像窗中,他们看到黑暗圣者正在寻找钥匙。

谢里夫将水晶门封印。维克刚刚创建的门户已永久且不可逆转地关闭了。

格温让影像窗一直开着,刚好让他们看到阿兹里克和奥菲恩对上朝他们冲过来的不死军队。在最后一刻,阿兹里克似乎意识到他的将军们并不是张开双臂欢迎他。然后图像就消失了。

谢里夫跑去帮助贾比尔。

"酷!"维克说。

莱珊德拉轻笑。

维克抱住了她,咧嘴笑了。"提醒我永远不要和你一起玩扑克。你太会演戏了。"

"我们都很好地发挥了自己的作用,"提亚雷特说,"哭泣确实让人信服。这将成为《伟大史诗》的精彩篇章。"

格温不由自主地打了个冷颤。"这是一个相当冒险的计划。"

"但奏效了。"维克说。

"尤其是当空气之灵用他们的力量帮助我们时。"谢里夫说。

突然间,伊拉克什周围的天空中出现了巨大的空气之灵。

"谢谢你们的帮助。"谢里夫惊讶地说。

一阵如音乐般的轰鸣中,空气之灵合唱回应:"你和皮里让我们看到了友谊的真谛。你为她甘愿冒生命危险,她为你不惜以生命为代价。我们的牺牲是为了拯救我们在伊拉克什挚爱的朋友和我们在伊兰蒂亚的新朋友而付出的小小代价。"

莱珊德拉向空气之灵举起了手。"我们很荣幸获得你们的友谊,并向你们献上我们真挚的友谊作为回报。"

维克满足地叹了口气。"我希望刚才是见到阿兹里克的最后

水晶门：天空之国

一面。"

"我们不能确定这一点。"莱珊德拉说。

"他是不死之身。"贾比尔提醒他们。

"那些讨厌他的将军也是如此。"提亚雷特指出。

格温满意地叹了口气。"我认为总的来说，我们达成了一笔不错的交易。"

维克咧嘴一笑。"阿兹里克可不这样看。"

深吸了一口气，谢里夫看着伊拉克什一览无余的远景，以及盘旋在他周围的空气之灵。"战争可能已经结束，但我们的辛苦任务才刚刚开始。"皮里在他头顶旋转，散发出温暖的黄色光芒。

第三十四章

第二天早上,大圣者的实验室安静了下来。希塔德尔学院里原本协助大圣者卢比卡斯、波勒普和皮尔斯建造防御工事的圣者和学徒们,现在都被分配到各处去修复阿兹里克及其军队造成的巨大破坏。空气之灵则在伊拉克什帮助贾比尔进行战后修复。

维克想过大战之后的情形,但绝不该是现在的样子。他与父亲、堂姐和朋友们站在凹室里,那里放着他母亲躺着的水箱。维克感到胸口疼痛,内心紧张。一缕阳光照在包裹着母亲的冰珊瑚上,冰珊瑚散发出淡淡的空灵光芒。格温轻轻给了维克肩膀一拳,表示与他同在,随后谢里夫握住格温的手表示安慰。当父亲搂住他的肩膀时,维克抬头看了一眼,但父亲脸上的痛苦夹杂着渴望的表情实在是让人不忍。

维克肿痛的喉咙里强行挤出几个字:"我曾经抱着希望,以为一旦阿兹里克被击败被驱逐,他施加的所有咒语都会与他一起消失。"

水晶门：天空之国

莱珊德拉走到维克身边，将一只手搭在他的手臂上。"我们的魔法不是这样运转的。"她的手向下滑到维克的手边，维克握住了，让自己从莱珊德拉身上汲取力量。

"无意冒犯，但我们真的不知道魔法是怎么运作的，不是吗？"

提亚雷特用法杖轻轻地敲了敲大理石地板。"阿兹里克贪恋荣耀和权力，数千年来，他的力量在不断积累壮大。有什么能与之匹敌的呢？"

"唔。是的，正是如此，"大圣者卢比卡斯说着走进了凹室。"然而你们五个，力量之环的五个孩子，成功地挫败了他，将他困在了另一个世界。你们是怎么做到的？"

谢里夫搂着格温的腰。"我们有共同的纽带。"皮里在他的肩膀上方盘旋，能量球发出强烈的蓝色光芒。

"我们愿意为彼此牺牲生命。"提亚雷特说。

"理解。"莱珊德拉提出。

"友谊。"维克补充道。

"爱。"格温坚定地说。

"那也是一种魔法，不是吗？"维克的父亲说。

皮里在卡亚拉的水箱上方旋转一圈，兴奋地泛起绿松石色的光芒，让水箱沐浴在阳光都无法比拟的光亮中。"是的，"皮里大声说，让所有人都听到了，"魔法。"

皮里继续说着，谢里夫的学徒同学们都惊喜得倒吸一口气。

"纽带。牺牲。理解。友谊。爱。"她又转了转，"魔法。"

"我们的空气之灵朋友说得很对，"卢比卡斯扯着胡子说，"你们齐心协力的力量，远超过黑暗圣者施加的魔力。我相信你

第三十四章

们已经拥有了需要的所有魔法。"

"可是该怎么做呢?"格温说。

维克伸手摸了摸挂在他脖子上的泽利德姆吊坠。"就像我们在打造力量之环时做的那样,就像我们在阻止伊拉克什坠落时做的那样。"

皮尔斯博士点点头。"你召唤了魔法,它会引导你。"

"换句话说,"格温说,"虽然我们不知道该怎么做,但无论如何我们都已经做了该做的事情。"

"是的,"维克说,"那么我们开始吧。"

大圣者微微一笑,喃喃道:"变!"

他的父亲将一只手伸入水中,仿佛一有可能就要把卡亚拉拉出水箱。

在力量之环的成员全部拉手之前,维克和格温吊坠上的图案就开始发光,瑞迪恩圆盘腾空而起,与地面平行。随着力量之环汇聚魔力,一道道魔法闪电在他们之间来回闪动。卡亚拉·皮尔斯佩戴的泽利德姆坠饰散发出微弱的光芒回应着。

"就是这样,"维克听到父亲低语,"有效果了。"

"变。"卢比卡斯再次低声说。

皮里盘旋在水箱之上,发出强烈的白光。

力量之环中散乱的能量连贯起来,汇聚成一道粗实的光束,射入水箱,将冰珊瑚包裹在明亮的光线中。这束光如此刺眼,他们都本能地闭上了眼睛。魔力不断汇集壮大,越来越强,直到一阵山崩地裂般的轰鸣响起,它忽然消失了。

维克眨了眨眼睛。五彩的火花如雨点般在空中飘落,如模糊的静态彩虹。片刻之后,火花散去,眼前一切变得清晰,水箱消

水晶门：天空之国

失了——包括水晶墙、海水和冰珊瑚都消失不见。只剩下维克的母亲，安详地躺在凹室的地板上。

卡普·皮尔斯跪在一动不动的妻子身旁，亲吻她的嘴唇。她苍白的脸颊开始有了血色，眼皮微微颤动。

当父亲扶着母亲坐起来时，激动的情绪如同洪流一般席卷维克，令他一阵晕眩。卡亚拉抬手摸了摸丈夫的脸颊。"亲爱的……"

维克迫不及待地喊道："母亲！"

他扑倒在父母身边，双手环抱他们。几秒钟后，格温也加入了他们，围成一圈。他们有说有笑，话语与欢乐的喧嚣重叠。

维克感到有东西压在他的手上。他抬头看到莱珊德拉的绿色能量液小瓶。维克满怀感激地接过魔法小瓶，将能量液递给他的母亲。母亲喝了一大口。当维克抬眼想要感谢莱珊德拉时，他看到卢比卡斯、提亚雷特、谢里夫和莱珊德拉正悄悄退出凹室，给重逢的维克一家独处的时间。但他可以从读心女孩脸上的表情看出，当她触摸他的手时，就已经读到了他的感激之情。

再看看他的父亲、母亲和堂姐，维克知道他有很多人需要感谢，很多事需要感恩。他再次拥抱了他们。

第三十五章

第二天，伊拉克什王宫议事厅挤满了友人、政要和其他献上祝福的子民。人群挤满了阳台下方的广场。

应谢里夫的要求，大圣者卢比卡斯念了一道咒语，将王宫议事厅的影像投射到伊拉克什和伊兰蒂亚上方的天空，这样一来，所有人都可以共享这场庆祝活动。

贾比尔站在王座的右边。他虽然伤痕累累，但已经痊愈了。而皮里则散发着自豪的光芒，在宝座的左边盘旋。

谢里夫站在王座底部的台阶上环顾大厅。王子特意为今天这个场合选择了简单而优雅的穿着。他没有穿他惯常的飘逸衬衫。相反，他选择了一件绣有金线的象牙色缎面背心，身着一条奶油色真丝马裤，系着一条金腰带。敞开的背心让他的手臂裸露在外，被梅隆人囚禁时受刑的烙印清晰可见。

对他来说，这个烙印已经成为他明白重视辛勤付出和牺牲、珍视友谊和荣耀的象征。他不再把在伊拉克什拥有的一切当做是

水晶门：天空之国

理所当然的。他的工作不是享受子民的宠爱和崇拜，而是竭尽所能保护他们免受敌人的侵害，为他们服务。为了表示他作为领导人服务子民的决心，他今天没有穿鞋，赤脚来到这里。

在谢里夫身后，他最亲密的朋友们都在这一重大时刻给予他支持，陪伴在他身边。维克、格温、莱珊德拉和提亚雷特被安排在宝座右侧，挨着贾比尔。谢里夫特意允许提亚雷特携带法杖入内。和皮里一起站在王座左侧的是大圣者卢比卡斯、剩下的三位长老和乌尔巴。观众席的前排坐满了圣者，包括斯尼格米提亚、阿巴卡斯、格罗克萨斯和凯莎、波勒普以及卡普和卡亚拉·皮尔斯。

伊拉克什最优秀的吟游诗人乐队演奏起了欢快的音乐。谢里夫向他的客人们举手致意。当谢里夫的飞毯从阳台飞入房间时，小号手吹奏起来。经过金色流苏重新点缀，这张紫色飞毯显得更加华美。它傲然飘扬，在大殿里盘旋了三圈，俯冲飞向高台，最后平铺在通往王座的最后几级台阶上。

号声再次吹响，谢里夫向众人鞠躬，然后转身走上阶梯，来到他父亲曾经的王座。在人群的欢呼声中，他坐在了宝座上。

贾比尔上前宣告："现在我向大家隆重介绍，伊拉克什的苏丹，阿里·谢里夫陛下。"

谢里夫发现自己对现场的掌声感到不自在，过了一会儿，他举起双手示意安静。"谢谢你们的祝福。我只希望不辜负大家的信任。而现在，还有更值得庆祝的事情。"他示意三位长老伊瑟亚、奎司塔斯和佩康亚斯上前。"这个世界的人们，包括伊兰蒂亚的子民"——他向长老们示意——"和西什"——他指着乌尔巴——"已经向伊拉克什发出邀请，让我们留在这里，成为海、

第三十五章

陆、空联盟的一部分。这是一个平等的联盟，不需要交换信物。它属于所有发誓坚守职责、保卫水晶门所连世界的人们。我已经接受了留下的邀请，并且答应了缔结联盟。"

人群中传来一阵惊讶和赞许的低语。

有人问道："那空气之灵呢？"

作为回应，皮里转过身来，用能传遍整座城市的音乐般的声音宣布："我们同意。"

谢里夫说："空气之灵赞同共同保卫世界的壮举。他们说他们同样可以在这片天空造访伊拉克什，与其他世界的天空无异。我亲爱的朋友皮里已经同意作为他们的大使留在我身边。"震耳欲聋的欢呼声响起。这个新苏丹一直等到声音慢慢平息。"伊兰蒂亚的长老们也有好消息要分享。"

现在，伊瑟亚提高了嗓门，对着人群开始发言："伊拉克什、西什和伊兰蒂亚的子民在阿兹里克及其追随者的手中遭受损失。"闻言，听众变得安静而肃穆。"我们还失去了海拉莎长老和帕西马尼亚斯长老。但今天是喜庆的一天，我们非常高兴地向你们宣布，圣者波勒普已同意成为我们的资源长老，布拉德西诺伊斯舰长将成为我们的防御长老。"

身着红色长袍的舰长和浑身叮当响的葵母圣者上前与台上的其他长老站在一起。人群大声呼喊着赞成，为再次看到完整的五行会而兴奋不已。

"此外，"伊瑟亚说，"乌尔巴将代表梅隆人担任联盟大使。大圣者卢比卡斯将领导同盟委员会。皮里代表空气之灵，贾比尔将代表伊拉克什，而圣者皮尔斯已同意成为外部世界的代表，为他们的利益发言。最后，我们非常感谢力量之环，感谢他们在战

水晶门：天空之国

胜黑暗圣者阿兹里克的过程中的卓越贡献。"无论是海洋、陆地还是天空，所有聆听的人们都欢呼雀跃。"力量之环、五行会和同盟委员会将致力于为所有人维护和平。"

伊瑟亚向后退了一步，谢里夫从他的宝座上站了起来。"而现在，"他说着，环视一周，"我们要庆祝的事情可比我们能说出的还要多。让我们开始吧。"说完，他转向他的朋友们，在激动的人群开始四散离去享受欢乐时，不拘礼节地给了他们一个拥抱。

庆祝活动一直持续到深夜。圣者凯莎为联盟的所有成员准备了盛宴，圣者格罗克萨斯和波勒普长老展示了烟火魔法。烟火展示在海陆空交替进行，是一场前所未有的壮丽华美的演出。

谢里夫和他的朋友们在宫殿阳台上观看烟花，他看见了空气之灵在伊拉克什周围的天空中翩翩起舞。

第三十六章

那天下午,格温、维克和朋友们一起溜到一个僻静的小海湾游泳。皮里和他们一起在水中嬉戏玩耍。

之后,他们坐在沙滩上,眺望大海,享受属于自己的时光。在这里,没有人注视他们,他们既不是力量之环的强大成员,也不是空气之灵,也不是苏丹。在这里,他们只是朋友。

谢里夫和格温手拉着手。

维克用一只胳膊搂住莱珊德拉,问道:"你认为就这样了吗?这就是预言的终结?"

莱珊德拉看起来比格温见过的任何时候都更快乐、更放松。"不。我还有很多梦,"娇小的女孩说,"在伊兰蒂亚还有其他的预言。"

"嗯,我们有提过我们要回家去了吗?"维克说。

皮里警觉地闪起橙光。看着朋友们脸上的沮丧,格温说:"只是回去看看。卡普叔叔和卡亚拉婶婶觉得这样比较好。首

水晶门：天空之国

先，"她伸出食指，"我们需要让那些以为我们无故消失的人放心。其次，我们必须处理一些后续，比如卖掉房子。我们的邻居阿拉米博士可能会为我们解决这个问题。第三，"——她举起三根手指——"我们想和我们的朋友们告别，让他们知道我们搬走了。"

"对。搬到伊兰蒂亚，"维克说，"父亲认为我们应该告诉他们，就说我们要和父亲母亲一起去远方研究古代文化。因为离得太远了，我们可能会失去联系——可能是很多年。"

看着谢里夫的表情依然很担忧，格温笑了，拥抱了他。"别担心。我们应该只离开一周左右。"

"然后呢？"莱珊德拉想知道更多。

维克吻了吻她的脸颊。"然后我们就回到这里。要知道，我们现在可是责任重大。"

提亚雷特站起来，给了堂姐弟一人一个拥抱。她拿着法杖，看向地平线，而皮里则闪烁着粉红色的光芒在周围游荡。"你们觉得我们的战斗就是预言中的最后一战吗？"来自阿非里克的少女问，"我已经开始为《伟大史诗》书写那一章了。"

莱珊德拉把头靠在维克的肩膀上。"我不那样认为。"

"毕竟，"维克说，"阿兹里克还活着，不是吗？"

谢里夫笑了。"正如我的子民所说：接受每一个小小的胜利，去迎接未知的战斗。"

温暖的咸风吹拂着格温的金发，她凝视大海，带着希望和兴奋。"我觉得我们的冒险旅程还远远没有结束。"

致　谢

我们特别感谢三叉戟媒体集团的约翰·西尔伯萨克和罗伯特·戈特利布从一开始就支持这个项目。

感谢詹妮弗·亨特和诺埃尔·德拉罗萨的热情支持和精准的编辑建议。

感谢戴安娜·E. 琼斯和文火公司的D. 路易斯·梅斯塔的宝贵意见。感谢凯瑟琳·西多尔的辛苦转写。感谢文火公司的蒂莫西·杜伦·琼斯、保罗&莱西·菲弗、乔纳森·科万和D. 路易斯·梅斯塔；还有赫伯特产业有限责任公司的金·赫伯特，感谢你们让办公室里的事情顺利进行。

感谢我们的家人忍受了我们古怪的日程安排，还介绍了众多新读者来捧场。

感谢希拉·昂温的精彩的教师指导素材。

感谢麦克·安德森，"麦克叔叔"，感谢他管理我们的网站。

感谢莎拉&丹·霍伊特、丽贝卡&艾伦·利奇斯、肖恩·穆赫

水晶门：天空之国

德，贝特·威廉姆斯&杰克·穆赫德，艾力&弗兰·沙约托维奇，穆哈默德&莱拉·阿拉米，和诺拉·阿拉米在身边鞭策和鼓励我们。感谢苏珊·布拉格让我们做事有条理。

感谢克莉斯汀·凯瑟琳·鲁施、迪安·韦斯利·史密斯、黛布拉·雷、丽莎·克里斯曼、麦克斯&欧文·布什、莱沙·伯查德、珍妮特·伯利纳&鲍勃·弗莱克、贝思·格温、珍妮特·杨&迈克尔·李、莱斯利·劳德戴尔、凯西·泰里和安·纽曼数十年来的远程鼓励，让我们在这个疯狂的世界里保持理智。

感谢哈兰&苏珊·埃里森、鲍勃·艾格尔顿&玛丽安·普拉姆里奇·艾格尔顿、特里&朱丁·布鲁克斯、戴夫&玛丽·沃尔弗顿、戴夫&丹尼斯·多曼、迪安&格尔达·孔茨、斯蒂芬&杰米·沃伦·尤尔、尼尔·佩尔特&凯利·牛塔尔，还有史蒂文·西尔斯，谢谢他们一直以来都这么优秀，带来众多灵感。

感谢切里·布奇海姆、玛丽·汤姆森、莱恩·麦克劳德、哈里·克鲁&雷娜·纳帕利、琳达·扎鲁奇和迈克尔·戴维·沃德，谢谢他们在需要时鼓舞我们的精神，让我们感到特别。

感谢布莱恩&简·赫伯特、罗恩&佩尼·梅里特、拜伦·梅里特、丹尼斯·雅各布斯、利兹·凯特尔、朱恩·斯科比·罗杰斯、比尔·斯戴尔斯、梅吉·克拉克、凯西·鲍登、凯利·亚当斯、香农&琳达·利夫切兹、桑德拉·奇尔德斯、吉姆·布里格斯、帕特·塔尔曼、玛丽莉莎白·哈特&杰夫·玛丽奥特、布拉德·西诺和苏·西诺，感谢他们的友谊和支持。